JN222413

私が死ぬ一週間前

A Week Before I Die

ソ・ウンチェ

柳 美佐 訳

日之出出版

私が死ぬ一週間前

A Week Before I Die

contents

私が死ぬ一週間前

○

どこかで聞いたことがある。

死神は、愛する人の姿で現れると。

会いたかった人の姿で現れ、
聞きたかった声で名前を呼んでくれるのだと。

薄桃色の花びらが月明かりにそよぐ、そんな季節の夜だった。家に向かっていた私は、大きく枝を広げた桜の木のそばを通りかかった。

「チョン・ヒワン」

私の名前を、君が呼んだ。

ぴたりと足が止まった。目の前に君がいる。

「……キム・ナム……？」

「相変わらず滑舌悪いな。俺の名前はナムじゃなくて、ラム、だってば」

ほほ笑む君の顔がはっきり見える。

００５

私が死ぬ一週間前

うそだ。目を開けたまま夢を見ているのだろうか。手を伸ばせば消えてしまうのだろうか。君がここにいるはずがない。こんなにも生き生きとした君が、生身の人間の姿で、私の前にいるわけがない。

なぜなら君は、何年も前に……。

「あと二回だ」

「え……？」

「俺の名前をあと二回呼んだら、お前は苦しまずに死ねる」

私のせいで死んだのだから。

「呼べよ。俺の名前」

私が死ぬ一週間前、君が戻ってきた。

一

「簡単だろ？」

しつこいな。

「いいから呼べよ。あと二回呼んでくれたら終わるんだって」

私のアパートに着いてからも、君は全然諦めない。耳をふさいで聞こえないふりをする
私に、あれこれと理由をつけては説得を試みる。

「お前さあ、本当に交通事故で死にたいのか？　言っとくけど、あれマジで痛いんだって。だからさっさと済ませようぜ。はい、即断即決。その方がお前にとってもいいし、俺も楽だし」

このままだと私は、一週間後、正確には月曜日の午後五時三三分四〇秒、横断歩道を渡っている最中に、信号無視の車にはねられて死ぬことになっているらしい。でもその前に君の名前を三回呼ぶと、私の霊魂が君に引き継がれて苦しまずに死ねるというのだ。それが最も穏やかに死ねる方法だから、早く俺の名前を呼べとさっきからうるさい。私の本棚にあった分厚い専門書をぱらぱらとめくりながら、ひっきりなしに口だけを動かしている。

机の前に座っていた私は、目の前の白い紙をぼんやり見つめていたが、ペンを置いて君が寝転がっているベッドのそばに行った。

「どいて。寝る」

いくら考えても、言い置くべきことなんて何も思いつかない。この部屋も、備え付けの家具以外に片付ける物は特にない。残そうと思ったところで残せる物など何もなかった。

君は無言でベッドのスペースを空けてくれた。私は寝転がって、薄い布団をかぶった。背中に人の体温を感じる。ぎこちない。振り返らなくても分かる。背中合わせで横になったまま、私たちがそれぞれ別の思いにふけっていることを。

いやでも君のことを考えてしまう。

ここにいるのは一体誰なの。君の姿をした死神だというなら、どうして高校生の頃の君ではなく、今の私と同年代の、大人の男の姿でここにいるのだろう。まるで実際に年を重ねたかのように。

やはり夢なのだろうか。うたた寝から覚めると消えてしまうような。

「寝るんだろ。電気消さないのか？」

「……ほっといて」

「お前、明るいの嫌いだろ」

私は朝が嫌いだ。日光がまぶしい真昼も嫌いだ。一番いやなのは、蛍光灯の白い光。

指先が硬直する。

どうして君がここに。

「電気消すぞ」

本を閉じる音がして、同時に明かりが消えた。暗闇の中で、再び背中がくっついた。

「チョン・ヒワン、また余計なこと考えてるんだろ？」

君の声が低く響く。

私は目を閉じた。幻聴が重なって聞こえる。

――また余計なこと考えてるんだろ？

「考えるなって。大したことじゃない。ここにいるから」

――その癖直せって言っただろ。難しく考え過ぎるなって。言われた通り受け取れよ。

「だから寝ろ」

——天気もいいし、家にいても退屈だから遊びにいこうって言ってんの。

うそつき。

君は卑怯《ひきょう》だ。いつも、いつもそうだった。

二

幼い頃の最初の記憶は、蛍光灯がやけに明るい病室の中だ。ベッドに横たわった母は、やせ細った指で私と約束した。

「おうちに帰ってぐっすり寝るのよ、ヒワンちゃん。朝になったらママが必ず迎えにいくからね」。

私はうなずき、母に向かって精いっぱい手を振りながら病室を出た。言われたことを素直に信じていた。翌朝、母はもうこの世にいなかった。約束したのに。どこにもいなかった。

「だから、私が言ったじゃない。あれほど反対したのに、どうしてあんな体の弱い女と結婚したのよ。ねえ？　なんとか言いなさい。跡取りでも産んだならともかく、娘なんか産んで、挙げ句にうちのだいじな息子を男やもめにするなんて。なんてことよ！　勝手に結婚しておきながら、病院代ばっかりかかって、葬式まで出させるなんて。こんなことなら娘なんか産まないでさっさと死ねばよかったのに。最後の最後までお前の将来を邪魔するなんて。あんな小さい子と二人で、これからどうするのよ」

延々と続く祖母の嘆きを父は黙って聞いていた。白く照らされた病室の、がらんとしたベッドのそばで。容赦なく投げつけられる非難の数々に、力なく沈黙する父の丸めた背中が寂しそうだった。

空のベッド、母が去った跡。悲しみよりも大きな恨みの声が病室に響いた。とうとう耐えられなくなった私は、耳をふさいでその場にしゃがみ込んだ。

「……ママ」

小さく漏れた私の声に、こたえてくれる人は誰もいなかった。

これからも永遠にいないのだ。ずっとずっと。

三

ほんの少し眠っただけのつもりが、気づけば朝だった。窓辺に差し込む光がまぶしい。いつも閉めきっているカーテンが開いている。まだ寝ぼけているのだろうか。

「起きた？」

誰かの声がする。ぼんやりと視線を向けると君が見えた。椅子に座って、昨夜私が机の上に置いた白い紙を見ている大きな背中が。

「飯でも食べよう」

君は立ち上がって、まるで自分の家のように自然な動きで冷蔵庫を開けた。ぼーっとしたままその様子を目で追う。何ひとつ現実感がない。私は起き上がり、君がわざとらしく床に落としていった紙を拾い上げた。昨夜までは白紙だったのに、何やら文字らしきものがある。

「お？　何見てんだ？」

落書きのような文章の中に君の名前を見つけた瞬間から、頭がいっぱいになってそれ以上読めなくなった。私は紙をくしゃくしゃにして机の上に投げた。

君は昔の君ではないはずなのに、あの頃のままだ。何も変わっていない。こんなささいないたずらさえも。どうして。私の頭は疑問でいっぱいだ。

しばらく冷蔵庫の中をのぞき込んでいた君が不満そうに言った。

「ミネラルウォーターしか入ってないぞ。まともに食ってないだろ。よく飢え死にしなかったな」

古い冷蔵庫の中には、ミネラルウォーターが何本かと、誰かが置いていったビタミン剤くらいしか入っていない。他の食材は昨日全部捨てた。どうして捨てたのか思い出せない。

やがて君は冷蔵庫の探索を諦めて、鍋にお湯を沸かしはじめた。棚の奥から消費期限の過ぎたインスタントラーメンを発掘したようだ。

床に分厚い専門書が敷かれ、その上に熱い湯気が立つ鍋が鎮座した。君が箸を差し出す。

「命に危険が及ぶほど消費期限は過ぎてない。食え」

箸を受け取らずにいると、無理やり私の手に箸を握らせた。君は器に覆いかぶさるようにして、勢いよく麺をすすりはじめた。初めてラーメンを食べる人のように楽しげに。なんとなくつられて私も手を伸ばした。一口食べると懐かしい味がした。

思い出した。高校生の頃、給食トレーを投げつけて帰宅した日の夜に、君は鍋いっぱいラーメンを作った。いやがる私を無理やり自分の向かいに座らせると、一人でがつがつと食べはじめた。自分の分をすっかり食べてしまった君は、同じ器にご飯をよそってまた食べた。勢いに押された私は、ちびちびとスープをすすりながら君の顔を盗み見た。

——何見てんだよ。

「何見てんだよ」

君と目が合った。薄れた記憶の隙間から、いきなり現実が顔を出す。私は視線を外してうつむいた。自分の器を君に差し出すと、君は小さくため息をつき、こぼれそうなほどラーメンを入れてくれた。器に顔を近づけて少しずつ麺をつまんで口の中に押し込んだ。君の視線が、ほんの一瞬私の方に向けられたのが分かった。

「このまま一日中寝て過ごすつもりじゃないよな？　何する？　やりたいことがあったら言ってみろよ」

「……ない」

大学には休学届を出したし、アルバイトは昨日付けでやめた。言い残すこともないのにやりたいことなんてあるわけない。私は、空になった器を君から奪い取るようにして流し台に向かった。君の視線が執拗に後を追ってくる。

「出かけよう。天気もいいし」

「いやだ」

「ほら、また。お前さ、考える前にとりあえずいやって返事するよな」

とりあえずいやだと言ってるのではなく、本当にいやなのだ。そう言いかけたがやめた。話したくない。今は何も。

「まずはスーパーにでも行くか。たとえ一週間でも、食べないわけにはいかないだろ。このままだと事故に遭う前に飢え死にするぞ」

「その方がいいんじゃないの。早く死ねって言ったくせに」

あと二回、さっさと名前を呼んでしまえば楽になれると言っておきながら、今さら飢え死にを心配するなんて理屈がおかしい。口走った言葉は、君に向かって真っすぐに飛んでいった。

気まずい沈黙が流れた。

「……ああ、そうだったな」

気が抜けたように君が笑った。さっきより声が近い。そばに来た君は、昔のように私を上から見下ろした。

「それでも、そんな姿は見たくない」

どうして？　そう聞いたら、君はどんな顔をするだろう。

「さ、行こう」

どこか切実な口ぶりだった。私はついうなずいてしまった。

「これだけ片付けてから」

だからちょっとそこどいてほしいんだけど。

でも君は動かなかった。

食器を洗って水切りカゴに置く間、君はずっと突っ立ったまま私を見つめていた。視線を感じるたびにひりひりする。私は君を見ないようにして玄関へ行き、適当にその辺の靴を履いた。君が慌ててついてきて、玄関のドアを開けた。

春の日差しが降り注ぐ中を、君が歩きだす。

ない。

君はこんなにもはっきり存在しているのに、ない。

前を歩く君の後ろに、影がない。

四

母の葬儀を終えた夜、疲れ切った父は無理やり笑顔をつくり私の髪をなでた。

「ヒワン、パパがいるからね」

幼い私は、黙ってうつむくことしかできなかった。

「心配ないよ、きっと大丈夫」

根拠も確信もない、ただ、そうあってほしいという願いだけがそこにあった。

五

君はカートを押しながら、目についた商品をどんどん投げ入れていく。適当に選んでいるように見えても、君の買い物にはいつも決まったルールがあった。おばさんが好きなワッフル、父さんが好きなエビのお菓子、よく私の口に入れてくれたペロペロキャンディー。そして最後に君の好きなポテトチップス。たまに君が最後の一つを忘れると、私はポテトチップスを背中に隠し持って、こっそりカートの隅っこに押し込んだ。レジでそれに気付いた君は、いつもにっこりと笑顔を見せた。

今日も君はせっせとカートをいっぱいにしていく。君が決めた君だけのルールに沿って。そして私は、君が選んだものを全て元の棚に戻す。そんな私を君は無表情で眺めている。私は棚に並んだポテトチップスをごっそり抱えてカートに入れた。無意識に歯を食いしばっていたせいか、かすかに顎が痛い。君は小さくため息をつき、再びカートを押しはじめた。

大きなカートはいろんな種類のポテトチップスでいっぱいになった。君はそれらを端に寄せて、空いたスペースに食材を積み上げていった。小走りにその後を追う。平日昼間のスーパーは閑散としていて、試食コーナーのスタッフがあちこちで熱心に試食を勧めてくる。君はそのうちの一箇所で立ち止まり、わざとらしい笑顔であいさつしながら餃子を受け取った。

「ほら、あ」

君はそう言って私の方に餃子を差し出した。食べろと促すわけでもなく、餃子の切れ端が刺さった爪楊枝を持って私を見ている。頑固そうな目だ。仕方なく口を開けると、瞬く間に口の中がホカホカになった。

「まあ、仲良しね。新婚さんかしら。優しい旦那さまねぇ。ほら、あなたも一口どうぞ。安くはできないけど、試食はたくさんあるわよ」

爪楊枝を受け取っていた君の手の動きが止まった。

「兄妹です」

「あら、そうだったのね。とっても優しそうだからてっきり……うちの子たちなんか目が合えばケンカしてるから、勘違いしちゃったわ」

「僕たちあまり似てないでしょ？　妹は父親似で、僕は母親似なんです。ええ、よく言われます。ちっとも似てないって。そんなそんな、勘違いすることもありますよ。大丈夫です。代わりにおまけもうちょっともらっていいですか？　あ、はい、ありがとうございます……」

私は自分でも気が付かないうちに歩きだしていた。彼らの会話がだんだん遠くなっていく。さらに足を速めた。離れた場所までやってきて、ようやく我慢していた息を吐き出すと頭がくらくらした。気持ち悪い。吐きそうだ。

「どうして一人で行っちゃうんだよ。迷子になったら置いてくぞ？」

平然とした顔で現れた君は、周りを気に留める様子もなく私の腕をつかんだ。

「こんなもんでいいかな。さ、行こう」

私は君の手を振り切って後ずさりした。背後にひんやりした冷気を感じて振り返ると、お酒コーナーだった。私は手当たり次第に中のものをつかみ、両腕いっぱいに抱えて素早くレジの方へ歩いた。君はその場であぜんとしている。私は立ち止まって素っ気なく言った。

「行くんでしょ」

「……文明は何のためにあるのか知ってる？　抱えてないでここに入れろよ」

「いやだ」

君がまた大きな息をついた。そのままゆっくりとカートを押して、レジに向かう私の後ろをついてくる。今、腕に抱えているもの、あのカートの中のもの、そして君。一体何の意味があるのだろう。どうせ一週間後、私は死ぬのに。

六歳の頃、私はいつも独りぼっちだった。唯一の肉親である父は常に忙しかった。母の治療費として借りたお金を返すためだ。それでも、生活苦にあえぐほどではなかったようだ。あるいは、無理をしてでも私には良いものだけを与えたかったのかもしれない。レースが付いたワンピース。ブロンドヘアのバービー人形。大きなリボンが付いた、先の丸いエナメルの靴。同じ年頃の女の子たちがうらやむようなものを全て持っていた私は、いつも一人だった。

みんなに好かれる子ではなかった。仲間に入れてもらおうと努力したことはないけれど、本能的に分かっていた。私がブランコに乗ると、みんなはブランコ以外で遊んだし、私がベンチに座ると、みんなブランコの方へ行った。私が持っていた人形をうらやましそうに見ていた子も何人かいるにはいたが、みんな示し合わせたかのように私を無視した。

それでも平気だった。遊びたくて公園に行ったわけじゃないから。ただの暇つぶしだったし、後で役に立ちそうな情報が必要なだけだった。心配性の父に、今日も公園で遊んだよ、お友達は何号室の誰々ちゃんだよ、と話せるような情報が。

「どうしていつも一人なの？」

君が現れたのは、そんなありふれた昼下がりだった。他の子たちは向こうで固まって、こちらを見ながらひそひそしている。

「……みんな私のことが嫌いなの」

「どうして？」

「知らない」

いがぐり頭の男の子は、好奇心いっぱいの目で私に笑いかけた。

「わかった。君がすっごくきれいだから」

「え？」

「君がとってもきれいだからだよ」

「あんた、バカなの？」

君はばつが悪そうに頭をかいた。

「あれ？　違った？　うちの母さんはきれいだっていうと喜ぶんだけど」

「あんた、バカでしょ？」

そうやって君は、私の日常にやってきた。

七

スーパーを出た君は、両手に買い物袋を抱えて私の前を歩いた。その後ろを、私も荷物を持ってゆっくりついていく。日差しの柔らかい午後だった。春の風がそよぐと、花びらがひらひらと散ってゆく。その光景を目にした君がだしぬけに言った。

「花見にでも行くか？」

「……は？」

「お前さ、酒いっぱい買っただろ？　すごい勢いで買いまくってたよなあ」

で、お酒と花にどんな関係があるの？　と言いかけてやめた。確かに分からなくもない。毎年この時期になると、桜の並木道はどこも人でいっぱいだ。うちの近所にも桜の名所で有名な公園がある。行ってみたことも、行ってみようと思ったこともないけど。

「覚えてるか？　子どもの頃に約束しただろ？　大人になったらさ、大きな桜の下にレジャーシート広げてビールで乾杯、俺たちもやろうって」

それは君が勝手に言い出したことだ。君が考えて、君が言って、私の心の奥深くにしまっておいたこと。

「この酒、全部持ってくわけにもいかないからなあ。どれ飲む？　持ってくやつだけ選んで」

「……全部」

君が私に約束したことはたくさんある。大きくなったら流れ星を見にいこう。電車に乗って遊びにいかない？　どこがいいかな。山でもいいし海でもいいし。そうだ、日の出を見にいくのは？　一回くらいは見ておくべきだろ……、いつもそんなことばかり言っていたのに。

「お前、まさか道端でゴザかなんか敷いて、あの酒売るつもりじゃないよな？」

「バカなの？」

「じゃあ、あれ全部飲むつもりか？」

だから私は、君が言ったことを、何も実行に移さなかった。

「いつの間にこんな大酒飲みになったんだよ」

私は生き残って大人になってしまった。君は死んだはずなのに、大人の姿で私の元に戻ってきた。

「大人だから」

吐き捨てるように言うと、君が短く舌打ちをした。

「このままだと、アルコール依存症の治療センターで晩年を過ごすことになるかもな」

「知らない。どうせ一週間も残ってないんでしょ」

「じゃあ、今やってしまうか？」

君が真顔で振り向いた。

「呼んでみろよ」

「……」

何も難しくない。君の名前を呼ぶだけだ。それもたった二回。大したことじゃない。なのに、私は君の横を通り過ぎて足早に歩いた。少なくとも今はいやだ。それだと、あまりにも簡単だから。

「まあ、あなたが六〇二号室のお姫様ね？」

ゆっくりと近づいてきた女性が、穏やかな笑みを浮かべて私に話しかけた。両頬のえくぼ。大きく開いた唇と、そこからのぞく白い歯。そして丸い瞳。まるで子犬のように人懐こい人だった。君のお母さんは、君と似ているけれど似ていない。

会った瞬間に思った。きれいな人だなあ。

「お姫様じゃないです」

「違うの？　こんなにかわいいのに」

そう言って彼女は首をかしげた。淡いピンク色の唇はずっと笑みを浮かべたままだ。声を出して笑わなくても、常に笑っているような印象を与える人だと思った。目にも、口元にも、広げた手のひらにも、優しさがにじみ出ていた。

「どうして一人なの？　パパは？」

「おしごとに行きました」

「あ、そうか」

君のお母さんは納得したかのようにそう言うと、いきなり私の手をぎゅっと握った。私は戸惑いながらもそのままでいた。彼女の手が温かかったから。そしてあのバカなやつが、間抜けな笑顔でこちらを見ていたから。

「うちは六〇一号室よ。よかったらうちにご飯食べにこない？　ね、ラムもうれしいでしょ？」

「まあ、一日くらいなら遊んでやってもいいけど」

変な人たちだ。私は首を横に振った。

「知らない人についていっちゃいけないって言われました」

「まあ」

彼女は、えらいわねと言わんばかりに私の頭をなでた。やっぱり変だ。か弱い小動物でも見るような目つきも怪しいと思った。雨の日にダンボール箱に入った捨て猫でも見つけた人みたい。だけどその日はかんかん照りで、私は子猫でもなく、幼いけれど孤独を楽しむことができる人間だった。けれど残念ながら抗議の機会は与えられなかった。その前に彼女の言葉が、私の心をノックしながら入ってきたから。

「じゃあ、まずは自己紹介しようか？　私の名前はキム・インジュで、あなたたちの隣に住んでいるの。この子は私の息子。名前はキム・ラム。じゃあ、かわいらしいお姫様のお名前は何？」

「……チョン・ヒワン」

「わぁ、これでもう知り合いだね。おばさんとお友達にならない？」

「まともな大人は子どもと友達にならないって聞きました」

「私はなりたいんだけど、ダメ？　難しいかな？」

「……一回だけチャンスをあげます」

「まあ、うれしい。じゃあ行こう、おばさんがおいしいもの作ってあげる。あなたのパパに電話するから番号を教えてくれる？」

おばさんは、私が伝えた番号をメモしてから父に電話をかけた。通話はすぐに終わった。彼女は機嫌良さそうに鼻歌を歌いながら私の手を優しく握った。おばさんに似て人の良さそうな目をしたバカが、もう一方の手をつないで私に耳打ちした。

「内緒なんだけどさ、うちのご飯、すっごくまずいんだ。うちの母さん、料理マジで下手だから」

そう言って君は笑い転げ、私は顔を背けた。でもなぜかその手を振り切ることができなかった。

私は二人と一緒に夕食のテーブルについた。君が言った通り、おばさんが自信たっぷりに勧めてくれたご飯は本当にまずかった。

「な、言った通りだろ？」

君は言った。私はううんと首を横に振った。

九

花見といえば夜桜だろ、と君が言い張るので、日が暮れてから公園に向かった。すでに散りはじめているからか、思ったより人は少ない。大きな木の下にはベンチがあった。君はそこに腰かけて、持ってきたものを一つずつ並べはじめた。全部持っていきたいという私の主張は却下され、缶ビールを何本かと、コーラとジュース、おつまみ用のお菓子が並んだ。

君が缶ビールを開けて私にくれた。次にコーラを手に取った君は、飲みかけたのをふと止めて私を見た。

「乾杯！」

君は私のビールにコーラの缶を軽くぶつけると、ごくごくと飲みだした。まるでドラマに出てくる、職場の宴会に参加した会社員のように。何が乾杯よ。

「こういうの、一度やってみたかったんだ」

飲み干したコーラの缶を見ながら、君がにんまりした。

「なんで？」

「バケットリストみたいなもんさ。誰だって一つくらいそういうのあるだろ？」

缶ビールを傾けると、ほろ苦さが口の中に広がった。バケットリスト、死ぬ前にやりたいこと。死ぬ前に言っておきたい言葉。

「お前だってあるだろ？」

「……何が」

「やりたいこと。あったら言えよ。残り少ないじゃん、一緒にやってやるよ」

あるわけない。だって。

「お酒、どうして飲まないの？」

「後で。仕事が終わったら思いっきり飲んでやる。今は勤務中だからな」

私の唯一の望みはすでにかなったから。極めて不思議な形ではあるけれど、手が届くし、目に見える。話せるし、聞こえる。それだけで、私は。

君は真剣なまなざしでドリンクの缶を慎重に見比べている。長い指がアルミ缶の上を這い回り、やがてそのうちの一つをつまみ上げた。

「おかしいと思わないのか？」

「何」

「だって変だろ？」

君の指が君自身をさした。

「こんなの、あり得ないだろ？」

私はさっき君がしたように、缶ビールを一気に飲み干した。慣れないことをしたせいで喉の奥が熱い。

「あんた、元から変だったし」

君がもう一本缶ビールを開けてこちらに差し出した。ちびちび飲んでいると、花びらがひらひらと舞い降りてきた。

「チョン・ヒワン」

「何よ」

「頑固で、気難しくて、考え過ぎのチョン・ヒワン」

大きな手が目の前をかすめたかと思うと、私の髪をぐしゃぐしゃにした。乱れた髪に視野を遮られ、君の顔がちゃんと見えない。

「俺は」

「……」

「お前を」

いくら待っても、それに続く言葉はなかった。君の手は、すっと近付いてきた時と同じように、すっと遠ざかった。私は何もできなくて、握り締めていた缶ビールをひたすら飲んだ。

君に聞きたい。

私のこと……恨んでる？

一〇

君には父親が、私には母親がいない。思えば不思議な縁だった。たまたま隣に住んでいて、お互いの足りない部分をカバーし合える条件がそろっていた。日が暮れると父が帰宅し、同じ頃におばさんが出勤する。実のお姉さんが経営するコンビニで夜勤をするおばさんが帰宅すると、私たち四人は一緒に朝ごはんを食べた。父が出勤し、君と私が登園すると、おばさんはようやく一息ついて眠る。幼稚園が終わったら、私が君の家で夕飯を取り、おばさんが出勤した後は君が私の家に来て隣で眠った。

こうして私たちは人生を共有した。当たり前のように君がそばにいた。そんな毎日が永遠に続くと思っていた。

あの事故が起こるまで。

二

二日酔いで迎える朝は久しぶりだ。君は酔い覚ましにまたラーメンを作り、私は無言でそれを胃の中に入れた。食器を片付けると、君が紙とペンを持ってきて私に言った。

「何よ」

「さ、書いてみろ。バケットリスト」

私は目の前の白い紙をにらみ付けた。そうしたところで、文字がひとりでに浮かび上がってくるわけでもない。腹が立ってペンを思いっきり投げつけると、すかさず君がキャッチして、無理やり私に握らせる。

「とりあえず、俺が言う通りに書けよ」

それだと君のバケットリストだ。

「〈1番〉」

君が言う数字を筆圧高めに書く。途中でペンが折れればいいのにとバカみたいなことを思いながら。

「友達をつくる」

「……何それ」

「相変わらず友達いないんだろ」

「いるよ」

「うそついたら鼻が伸びるぞ」

「……」

　ピノキオじゃあるまいし。

「常識的に考えてみろよ。学生街で一人暮らしをしてるのに、誰も遊びにこないなんてありえないだろ。この家にインターホンなんて要るか？　使いもしないのに」

　君が熱弁を振るっている。使わないものは捨てろというなら、世の中の半分は捨てることになるはず。そんなことはないと君は言い張るけれど、私の世界では十分あり得ることだ。私はずっと一人だったから。君がいない世界で、ずっと、ずっと。

一二

「やだー、今日のおかずはひっどいよねぇ。ほら、たくさん食べなー」

　ゴミだらけになった私の給食トレーを、クラスメートたちがクスクス笑いながら見てい

○２９

私が死ぬ一週間前

る。私はこぶしを握り締めた。犯人は目の前で笑っているあの子に違いない。

そいつの顔にトレーを投げつけてやった。きゃーという悲鳴が響き、配膳台の周りが散らかった。笑っていた連中が一斉に慌てだし、よろけた生徒を抱えている。教室の中が静まり返った。私は無言で席に戻り、自分のかばんを手に持った。教室は再びざわつきはじめたが、出ていこうとする私を誰も止めなかった。

「チョン・ヒワン！」

いや、一人だけいた。聞き慣れた声が耳に入って足を止めた。温かい手が私のかばんをつかんだ。

「大丈夫か？　一体どうしたんだ」

駆けつけた君は息を切らしていた。周囲の雑音が一瞬で消えた。何も聞こえない。君しか見えない。

「何でもない、放して」

私は君を振り切り、いつの間にか集まった野次馬たちをかき分けて歩きだした。君はそれ以上追ってこなかった。かえって助かった。何も今日に限ったことじゃない。ずっとこうだった。そして多分、明日も同じ。私の世界に入ってくるのはいつも君だけだ。

私は願った。

君だけが私の世界の全てならいいのに。

○3○

一三

1 友達をつくる。
2 映画をみる。
3 すてきなレストランでディナーをする。
4 お父さんに愛してると言う。
5 旅行に行く。
6 初日の出を見る。
7 恋をする。
8 ホワイトクリスマスにデートする。
9 雪だるまを作る。
10 友人とカフェで勉強する。
11 卒業写真を撮る。
12 スーツを着て仕事の面接を受ける。
13 面接用の写真をフォトショする。
14 自己紹介文を書いて「小説かよ」とけなす。
15 職場の宴会に参加する。

16　結婚式のご祝儀を出す。

君が口にするリストの項目は、次第におかしなものになっていく。今すぐできることより、未来にたどり着けないとできないことがどんどん増えていき、まるで誰かの一生をのぞいているような気分になる。

君は話し続けた。


お父さんの還暦祝いをする。


私は我慢できなくなって質問した。

「それさ、この先どれだけ生きてればできるわけ？」

君がほほ笑んだ。

「さあな、一六年ぐらい？」

「……思ったより先じゃないんだ」

その後も君のバケットリストは続いた。

孫の顔を見る。

私の還暦祝い。

古希祝い。

そろそろ限界かも。

「一体何歳まで生きればいいのよ」

「人生一〇〇年時代っていうだろ。長生きしないと」

そして最後、君は宣言するように言った。

「一〇〇年後に俺とまた会う」

「何よ、それ」

温かいものがぽつりとこぼれた。君はそれに気付かないふりをして、早く書きなと私を急かせた。私は怖かった。君が相変わらず優しくて。

「よし。まずは〈１番〉から始めようか」

「……友達ってどうやってつくるの」

「そうだなあ。とりあえず外に出ないと」

君がうるさく言うので、仕方なく外出することにした。

春の風は今日も柔らかい。君の後ろを歩いていた私は、あることに気付いてふと足を止めた。どうして君は私と並んで歩かないのだろう。どうしていつも先に行くのだろう。君の後ろ姿が、今にも日差しの中に溶けてしまいそうだ。怖かったのは、君がまたいなくなりそうだったから。

「早く来いよ」

君の名前を呼びたい。君がここにいることを確かめてみたい。でも名前を呼ぶことはできない。三回呼んだら、きっとその瞬間に全てが消えてしまうから。

「今行く」

「お前、歩くの遅過ぎるんだよ」

「悪かったわね」

君はぶつぶつ言いながらも、私の歩幅に合わせて歩くスピードを落とした。私の心を読んだかのように。

心臓が、トクンと音を立てた。

このまま時間が止まればいいのに。

あともう少しだけ。

一四

ひどい風邪で休んでいる君を残して、あの日私は一人で学校へ向かった。給食トレー事件以後、私の学校生活は表面的には平和になり、目立った悪さは誰もしなくなった。その代わりやり方が巧妙になっていった。

朝からどんよりした天気で、授業が終わる頃には雨が降りだした。かばんの中に入れたはずの折り畳み傘が、いくら探してもない。誰が隠したのかは見当がついていた。

立ち上がった瞬間、携帯が鳴った。

「待ってろよ。迎えにいくから」

学校の玄関を出ると土砂降りだったが、私は構わず歩きだした。水たまりのできたグランドを横切って校門へ向かう。かばんの中でまた携帯が振動した。

「そこで待ってろよ」

「お前、まさか歩いてるんじゃないだろうな？」

「もうすぐ着くから。ちょっとだけ待ってろ」

ずぶぬれになりながら校門を出た。家に向かって足早に歩く最中も、しきりに携帯が振動した。ようやくマンションに着いた私は、どこから見てもぬれねずみになっていた。寒さに震えながら鍵を取り出して自宅のドアを開け、ぬれたバッグを玄関に置いた瞬間、閉まりかけたドアが、ばっと開いた。

「待ってろって言っただろ！」

走ってきた君が、息を切らしながらそう言った。私は無視してぬれたジャージを脱いだ。君は大きくため息をつき、慣れた様子で浴室からタオルを何枚も持ってきた。

「待ってろっつったのに、ほんと意地っぱりだな」

来てくれなんて頼んでない、喉まで出かかった返事は口ごもっているうちに消え、唇から、鼻先から、指先から、水滴がぽたぽたと落ちた。

「おい、そのまま入るなって。拭いてから行けよ。ああもう、待てよ！」

君が私の手をつかんだ。雨にぬれた私の体は冷え切っていて、熱っぽい君の手は熱かった。触れ合った手が熱く感じるのはきっとそのせいだ、そう思い込もうとした。あきれ顔の君が私の顔と髪をタオルで拭いてくれる。いっそ怒鳴ればいいのに、君の手はあまりに優しい。いつもそうだ。

私の髪を拭いていた大きな手が降りてくる時、一瞬だけ私の唇をかすった。君の顔が目の前にあった。私の唇と、その横にある自分の指先を、じっと君が見ている。二人の額が触れた。もしかしてこのまま唇まで触れてしまうのでは……そう思った直後。

「……なんてざまだよ」

君は何事もなかったかのように舌打ちをして、再び無造作に私の髪をタオルで乾かしはじめた。全身の熱が押し寄せたように顔が熱くなり、胸の鼓動が激しくなった。

ドクン、ドクン、ドクン……ドクン。

「二人とも玄関で何してるの？　まあ、ヒワン、どうしてこんなにびしょぬれなの？」

玄関のドアが開いて、買い物袋を抱えたおばさんが入ってきた。すぐ後ろから聞き慣れた靴音がした。父さんだ。おばさんの持っている袋と同じスーパーのロゴがついた袋を持っている。

「なんでもないよ。こいつ、そそっかしいから傘持っていくの忘れたらしくて」

「ラム、お前が持ってってあげればよかったのに。風邪ひくわよ、ヒワン。早くお風呂に入って着替えてらっしゃい」

「うわ、キム・インジュさんひどいですね。風邪ひいた息子よりも、娘の方が大切なんですか。ああ、息子としては悲しくてやってられませんねぇ」

「あんたは丈夫でしょ」

母と息子が騒々しくやり合う中、後ろにいた父と目が合った。彼の目にも、そこに映る私の目にも戸惑いが浮かんでいる。私たちは同時に顔を背けた。知りたくなかったのだ。お互いに、相手がなぜ当惑していたのかを。

一五

いざ外出したものの行くあてはなかった。仕方なく二人で町内をぐるぐる歩き回った。まず人に会う必要があると君は主張するが、平日の午後だったせいか、驚くほど人がいなかった。すれ違うのは野良猫くらいだ。

「人に会ったら、次は？」

「うーん……。まずはあいさつ？　笑顔で！」

そう言って君は口を大きく開けた。バカにしか見えない。

「ほら、まねして！」

「……」

「こんにちは！」

相変わらずバカっぽい。私は目をそらした。そういうのは得意じゃないし、おまけにそれほど効率的な方法とも思えない。私にそれを言う資格があるかどうかは分からないけれど。

「おい、そんなあからさまに情けない顔するなよ。俺も、これはちょっと違うなと思ってたところ」

昔から君の周りにはいつも人がたくさん集まっていた。だからみんなと仲良くなる秘訣を改めて教えろと言ったところで、君は答えられないだろう。きっと君自身も気付いていないはずだ。

「それにしても、人っ子一人いないなあ」

その時たまたま一匹の野良猫が通り過ぎた。茶トラの猫が君をちらりと見て、ニャーと鳴き声を上げた。私がいるでしょ、と言わんばかりに。

「あいつで練習してみるか？」

「……いやだ」

このままだとますます情けないことになりそうだ。私は毅然とした態度で来た道を引き返した。野良猫に近づこうとしていた君がそれに気付き、やや残念そうな顔で私についてきた。どうやら本当にやらせるつもりだったようだ。

「あ、あの……」

誰かの声がして立ち止まった。君があれほど探し回っていた人間がとうとう現れた。どこか見覚えのある女性が、当惑顔で君と私を交互に見ている。長身でショートカット、黒縁メガネ。どこで会ったっけ。思い出せずにいると、彼女が私の名前を口にした。

「チョン・ヒワン……？　あの、視覚デザイン学科のチョン・ヒワン……だよね？」

「……そうだけど」

見たことあると思った。でも相手が誰なのか思い出せない。名前も何も分からない。つまり、知人と定義するための要素が全くない。どちらさまですかと尋ねるべきか悩んでいると、君が割り込んできた。例のあのバカっぽい笑顔を浮かべて。

「あ、こいつの知り合いですか？　友達？」

「同期ですけど、友達では……」

「じゃあ、友達候補ってことでいいか。あ、僕はヒワンの兄です」

「あ、はじめまして。コ・ヨンヒョンです。チョン・ヒワン……、の同期です」

君が私の背中をつついて目配せをした後、耳元で小さくささやいた。

「ほら、さっき練習したやつ、やってみろ」

練習なんかしてないのに。

コ・ヨンヒョンは、私が精いっぱい首を伸ばしてようやく目を合わせることができるくらい背が高かった。上から見下ろすような形で私と向かい合うことになった彼女の表情は、なんとも気まずそうだった。何か迷っているのだろうか。けれど彼女は、気を取り直したように右手を差し出した。

「友達、なろうか、今から。よろしく」

背中をつつく力が強くなった。君からの無言の催促だ。私は仕方なく出された手を握った。何だかこっけいだなと自分でも思いながら。

「……よろしく」

言われた通りにしたのに、頭の上でため息が聞こえた。なんで？　そう思って見上げると、君が自分の唇を指さしながら目で言った。

（笑えって）

頑張って口の周りの筋肉を引き上げてみたが、うまくいっていないことは彼女の表情で分かった。やはり自分には無理だ。握った手を放すと気まずい沈黙が流れた。君がため息をもらす。

「あの、写真でも……撮ろうか？」

沈黙を破って、彼女が遠慮がちに言った。改めて見ると、彼女は大きなカメラを手に持っている。桜の写真でも撮っていたのだろうか。

「あっ、いいですね！　どこで撮ります？　ここ？」

君が大げさに返事をしながら私を引き寄せた。君と再会したあの桜の木の前だ。大きく枝を伸ばした桜の下で、私は君と並んで立った。雪のような花びらがはらはらと舞い散る中、彼女がシャッターを切った。

「現像したら、今度見せてあげる。じゃあ……、またね」

「うん、気を付けて」

最初から最後までぎこちない出会いだった。

ヨンヒョンが去った後、ある衝動に突き動かされた私は、ずいぶん遠くまで離れてしまっていた彼女の後を追って走りだした。

「ねえ！　ちょっと待って、一つだけ教えて！」

ヨンヒョンが戸惑った表情で振り返った。私は彼女に向かって、誰が聞いてもクレイジーだと思われるような質問をした。

「あの人、見えるの？」

「え？」

「さっきの人、本当に見えてるの？」

意外にも彼女は、バカにすることなく真面目に答えてくれた。

「見えるよ」

「……ありがとう」

まともな質問ではないことは分かっていた。彼女はもちろん、スーパーの店員にも君が見えていたし、会話もしていた。だけど私は、これが夢ではないことに確信が持てなかった。

彼女はじっと私を見つめてから、なぜか手を握ってこう言った。

「頑張って」

どういう意味だろう。気が触れたとでも思われたのだろうか。ヨンヒョンの表情を確認しようとしたが、彼女はすぐに背を向けて行ってしまったので、私の疑問は宙に浮いたままになった。

「できたな、友達」

すぐそばまで来ていた君が笑った。太陽の光と君の笑顔が同じくらいまぶしくて、私は言葉を失ったまま、再び君と歩きだした。

一六

一七歳。大人になったつもりでいた。けれど実際には何も分かっていなかった。

ある日父から、だいじな話があるから日曜日の夜は四人で食事をするよと聞かされた。夕飯を一緒に食べることはそれまでもよくあったので、特に気には留めなかった。

当日の朝、君が私を迎えにきた。

――今から遊びにいこうか?

――……いきなり?

気分の良い休日だった。低血圧の私にしては珍しくアラームなしで目が覚めたし、いつものようにベッドでぐずぐずすることもなく、すっきり起き上がれて爽快だった。

――いいから遊びにいこうって。

君は軽い口調で言ったけれど、私を誘ったのには大きな理由があった。

――また、余計なこと考えてるんだろ？

笑顔の君を見ていると、くすぐったくてふわふわしたものが、私の心を満たしていく。それが何なのか、その時は気付かなかった。でも今なら分かる。

ときめきと、期待と、ひょっとしたら、ひょっとしたら今日……。

――その癖直せって言っただろ。難しく考え過ぎるなって。言われた通り受け取れよ。

君が私の額をつついてそう言った。自分が何て答えたのか思い出せない。あの日の記憶の中には君だけがいて、私はいない。君だけを覚えておきたい気持ちが強過ぎて、自分のことは忘れてしまった。

――天気も良いし、家にいても退屈だから遊びにいこうって言ってんの。

でも夜には四人で食事をする予定だ。だいじな話があると言われたが、君は気にしていないようだった。

――時間になったらおじさんが予約した店に行けばいいだろ？

だから期待してしまった。父の言うだいじな話とは、来月の食費をそれぞれいくら負担するか程度のことだろう。うちの方がお世話になることが多いから、父は自分が多めに負担すると言うだろうし、おばさんは、きちんと折半すべきだと主張するはず。君はそんな二人を仲裁して、私は黙々とお肉料理でも食べるんだろう。

――行こう。すごい人出になる前に。

君が差し出した手を握り、私たちは遊園地へ向かった。完璧な一日だった。動物園を見て回って、乗り物に乗って、値段のわりにまずいランチを食べて、記念写真を撮って、パレードをみて、最後は大観覧車に乗ることにした。二人で観覧車に乗り込むと、すぐに地面が遠ざかりはじめた。カタカタと大空に向かって上ってゆくにつれて、私の期待もどんどん膨れ上がっていく。私の心は勝手に空を飛び跳ねていた。君がこう言い出すまでは。

――話があるんだ。

てっぺんまで上り切った観覧車が、ガタン、と一瞬だけ揺れた。

――あの二人、結婚することに決めたらしい。

まだ蒸し暑くなる前の、澄んだ初夏の夜だった。

その日私は、君を失った。

一七

目覚めると隣に君がいる。かつては当たり前だったことが、こんなにもぎこちない。君はおとといスーパーで買ってきたインスタントコーヒーを飲みながら、バケットリストを見ていた。

「今日はこれにしよう」

君の指がとんとんと紙をたたいた。

「映画を見る。それから、すてきなレストランでディナー」

続けて、真面目な顔で聞いてくる。

「最近面白い映画は？」

ずっと無人島にいた人が、文明社会に戻ってきて質問しているみたいだ。私は首を横に振った。映画なんて全く見ていないから知らない。君が短く舌打ちをした。

「本当に現代人か？」

一八

君が死んだ後に映画を見たのはたった一度。衝動的に学校を抜け出して映画館に向かったことがあった。ポスターに惹かれて選んだのは、愛と記憶に関する映画だった。終わりを迎えた恋人たちがお互いの記憶を消す。それっきり会うことがなければよかったのに、運命のいたずらで二人は再会してしまう。

記憶を失ったにもかかわらず、再び愛が始まってしまう物語だった。

私は大声で叫びたかった。君を失った後、何度も絶望の淵に突き落とされるたびにこみ上げる気持ち。叫びたい。大声で叫びたいのに息が詰まって声が出ない。いっそのこと気絶できればいいのに。何もかもが鮮明過ぎる。食べてもいないのに胃がむかむかした。映画の途中で飛び出し、トイレで胃液を吐いた。涙と唾が一緒になって白い便器の上に落ちた。

記憶を消せたらいいのに。逃げられたらいいのに。私の記憶の中には、今も君がいる。全てを消去してしまえば、私の中の思い出も消えるはず。

けれど残された私は、ただ声を殺して泣くことしかできなかった。

一九

映画館に着くと、ラブストーリー、ヒューマンドラマ、コメディー、アクションなど、さまざまなジャンルの映画が上映中でホッとした。君は桜の木の下で缶ジュースを選んでいた時のように、真剣な目でポスターを一枚一枚チェックした後、ヒーローものを選んだ。カラフルなコスチュームを身に着けたポスターの中のヒーローたちは、みんなキリッとした表情で前方を凝視している。

私がポスターをぼんやり見ている間に、君はポップコーンとコーラを買ってきた。やってみたかった、と言って満足そうに笑っている。

「初めて映画館に来たわけでもないのに」

私がそういうと、君は真顔になった。

「毎回初めてだと思えば、何でも面白いんだ！」

全く共感できない論理だ。

映画が始まると、君は手に持ったポップコーンの存在も忘れるほど映画に集中した。大音響で流れる音楽と、何かが破壊される時の轟音が私の耳を占領した。個性豊かなヒーローたちがお決まりのせりふを口にする。時には真剣に、時にはユーモラスに。君は深刻な顔をしたかと思うと大笑いし、すぐまた眉間にしわを寄せた。

「ああ、面白かった」

よほど気に入ったのか、君は帰りにわざわざポスターを一枚買った。

「これ、シリーズものだよな？　続編は見られないのかー」

胸が痛い。

「お前は必ず見ろよ」

いたずらっぽく笑いながら君がポスターをくれた。薄っぺらいポスターの紙が、私の心を突き刺した。

……続編なんて出なければいいのに。

無駄と知りつつ祈ってしまう。君が見られない続編なんか、この世に存在しなければいいのに。

○47

私が死ぬ一週間前

バケットリストの〈3番〉までを無事クリアすると、外はすっかり暗くなっていた。頬をなでる空気が生暖かくて甘ったるい。長い足でリズミカルに歩いていた君は、最近あまり見かけなくなった電話ボックスを見つけて立ち止まった。

「なあ、ついでに〈4番〉までやっちゃう？」

〈4番〉は何だっけ。私がＯＫする前に、君はポケットから小銭を取り出して硬貨投入口に入れた。慣れた手つきで番号を押す。中高年の人たちはあまり電話番号を変えない。私の父も同じだ。君が受話器をこちらに向けた。受け取らずにいると、私の耳元に当てる。

呼び出し音が鳴るのを聞いて、呼吸が少し速くなった。

「おかけになった電話は、電波の届かないところにあるか……」

君の手から受話器を奪ってフックに戻した。けたたましい音とともに電話機が小銭を吐き出した。

「出ないよ」

「何だよ、もう諦めるなんて。もう一回やってみよう」

「知らない番号からの電話に出る人は少ないよ」

君は肩をすくめて小銭をしまった。

「家に帰ってまたやってみよう」

しかし、何度かけても受話器の向こうからは淡々とした案内メッセージが流れるだけで、父とは最後まで話せなかった。

二一

「旅行にでも行く？」

朝起きると、適当に朝食を済ませてバケットリストを確認する。そんな一日のスタートにだんだん慣れてきた。君の指がリストの〈5番〉をさした。

「旅行に行く」

どこへ、どうやって、いつ。私の質問に、君はすらすらと答えた。

海に、電車に乗って、今。

「OK？」

旅行に行ったことはなくても、準備が必要なことくらい分かる。こんなに衝動的に決めてしまっていいのだろうか。君は勝手に私の手をつかんで楽しそうにブンブン振り回している。

「じゃ、OKってことで」

やはりあのバケットリストは、私のではなくて君のじゃないか。そんなことを思いながら、何の用意もせずに家を出た。季節がまだ夏ではなくて幸いだ。

とはいえ、初めて訪れた駅は、予想以上の混雑だった。

二二

道に迷って行ったり来たり。君と私の初旅行を要約するとそんなところだ。計画も立てず、やみくもに出発した。君は何度も道に迷ったし、そのたびに私もなんとかしようとしたけれど、大して役に立たなかった。やっとホテルを取った頃には真夜中になっていた。

「でも海はすてきだろ？」

君はえらく愉快そうで、何を見ても上機嫌だった。混雑する駅も、平凡な街の風景も、同じところをぐるぐる迷ってばかりいたことも、古いのに高いホテルも、暗闇に包まれた海も、潮の香りも、寄せては返す波の音も、君にとっては面白おかしく感じられるようだ。

確かにすてきな夜だった。目の前に広がる景色も、静かに波打つ海も、どこからか聞こえてくるギターの音色も。

広場の方には昔のラブソングを歌うミュージシャンがいた。手拍子を打ちながら声援を送る人や、そっと体を寄せ合う恋人たちの後ろ姿も見える。

「行ってみるか？」

君が手を差し伸べた。少し迷ってその手を握ると、広場の方へ引っ張ってゆく。誰かが

○5○

席を立ってスペースが空くと、また違う誰かがやってくる。その間もずっと音楽は途切れない。

「風情があって、音楽があって、雰囲気も良くて、天気も最高。完璧ですが、一つだけ足りないものがあります。それは何でしょう～」

「……お酒」

君は、正解と言わんばかりに笑って指をはじいた。

「ビンゴ。こんな時にお酒がないなんて話にならないよな。さあ、出動！　目的地はコンビニだ」

どうせ飲まないくせに。

君はビールと炭酸飲料を買い込んで、さっきのストリートミュージシャンの前に腰を下ろした。缶ビールを開けてから私に渡す気配りも忘れない。耳慣れたメロディが闇に溶けてゆく。君は小刻みに頭を振ってリズムを取りながら、何かを企んでいるような表情だ。

「新年じゃないけどさ、このまま〈6番〉までクリアしてしまうか？」

「……日の出？」

「天気も良いし、暖かいし。ここで一晩明かしても大丈夫そうじゃない？」

予約したホテル、高かったのに。

君が肩をすくめた。

「朝日が昇るのを見たら、部屋でちょっと仮眠すればいいじゃん」

「好きにすれば」

それが終われば、次の項目は「恋をする」だ。これはどうするつもり？　頭の中が疑問だらけになった。ここでストップするのか、それとも進むのか。だったら私たちはどうなるのか。


でも、私に与えられたのはたった一週間。わずかに残された時間が、なすすべもなく二人を待っている。

二三

翌朝の日の出は、残念ながら見ることができなかった。雲が少し多いかなと思った時には、すでに周囲が明るくなりはじめていた。君はほんの少しがっかりしただけで、すぐに笑顔に戻った。

「ほんと笑えるよな。わざわざ遠くまで来たのに、有名な観光地も行ってないし、おいしいものも食べなかったし、おまけに日の出も見られないなんてさ。いやー、まいったな、マジで」

無計画な旅行のどこがそんなに楽しいのだろう。しばらく君を眺めていた私は、気を取り直して立ち上がった。ホテルに戻って少しでも眠っておきたい。

「これってやっぱりさ、ただの日の出じゃなくて、新年の初日の出を見ろってことじゃない？　お前、来年の一月一日は何があってもここに来て絶対見ろよ」

新年を迎えることができるの？　君が未来について話すたびに、私の胸は痛くなる。

ホテルの部屋に入ると、君はすぐに横になって眠った。だけど私はなかなか寝付けなかった。終わりが近づいている。帰りの電車でやっと少しうとうとした。そして悪夢を見た。冷たくて、深くて、真っ暗な。

二四

君が車にはねられた。

私を助けようとして。

半狂乱で病院に駆けつけたおばさんは、私に会おうとしなかった。だから私は、君の姿を見ることもできなかった。

家に戻っても、君はもういない。

深夜の居間に誰かのすすり泣く声が響いた。私は息を殺してドアの陰から耳を傾けた。

「もう……無理だと思う。自分にゾッとしたの……。あの時ヒワンを見て……あんなことを思ってしまった自分が」

「……インジュさん」

「全部、全部ヒワンのせい、あの子さえいなければ……って。そう思ってしまった自分がどれほどおぞましかったか。私、自信があったの。ヒワンのことを、実の娘のように思っていたし、愛していると信じてた。なのに、そんなことを考えてしまったの……。やっぱりダメだった。私が傲慢だったのよ……」

「……」

「こんな私が、あの子のお母さんになれるとは思えないわ。どうして……どうしてこんなことに……。ヒワンに対してそんなひどいことを考えるなんて。私は、私は……」

終わりの見えない嘆声は、おえつにのまれて聞き取れなくなっていった。

私は気付いた。自分が台無しにしたんだ。全部私のせいだ。私が欲ばりだったから、私がバカだったから、私がわがままだったから。

おばさんがうちを出た。彼女は君のお母さんであったと同時に、決して短くない期間、私のお母さんでもあった。気付くのが遅過ぎた。全てが手の届かないところに行ってしまったあとだった。

数日後、黒いスーツを着た父が出かけていった。

「……行ってくる」

誰のお葬式だろうか。一緒に行くかとは聞かれなかった。

それで分かった。私が行けない、誰かのお葬式。

君が、死んだんだ。

二五

「泣くな」

温かい手が私のまぶたを覆う。がっしりとした腕が私を引き寄せ、自分の胸に包み込む。

「全部夢だよ」

うそだ。もうちょっともっともらしいうそをついてくれたらいいのに。この現実が壊れてしまわないように。私が、この瞬間を信じられるように。

「遊園地に行こうか?」

もしかすると、今も悪夢の中にいるのかもしれない。私はゆっくりうなずいた。電車が止まった。いつの間にか朝になっていた。六年前と同じ、日曜日の朝。

二六

――遊園地の醍醐味といえば、やっぱりこれだよな。

色あせた記憶の片隅で、何度も再生した声が、もう一度聞こえた。

「遊園地の醍醐味といえば、やっぱりこれだよな」

チケットを買って入場すると、君は私の手を引いてギフトショップへ向かった。あの日と同じだ。大きなウサギの耳を私の頭にかぶせて大笑いする君。自分は虎の耳を頭に乗せている。

「あ、でも、やっぱりお前はこれ似合わないな。ウサギはかわいすぎる」

あの時は似合うと言ったくせに。

「猛獣にしよう」

そう言って、ウサギの耳の代わりに猫の耳をかぶせてくる。

「どうして猫が猛獣なのよ？」

私が聞くと、君が笑った。

「たまに人間の心臓を脅かすだろ。だから、猛獣」

鼓動が速くなった。

「行こう」

君は実にのんきな顔でまた私と手をつないだ。そうするのが当然かのように。私は自然につながれた自分たちの手をじっと見つめる。同じ場所で、同じ人と、同じことをしているのに、何かがおかしい。君の様子が六年前とはどこか違う。

それから夜になるまで、君はほとんどずっと私の手を離さなかった。檻の中の動物に餌やり体験をする時も、乗り物に乗る時も、つぶつぶのレインボーアイスを買って私に渡す時も。

「お幸せに！」

優しそうなスタッフがいたずらっぽい笑顔であいさつをする時も、君は笑顔で会釈をするだけで否定はしなかった。

「……どういうつもり？」

「何が？」

「これって、まるで……」

デートみたいじゃない。と続く言葉を、どうしても言えずにのみ込んだ。君が空いた方の手で私の頭をわしゃわしゃとなでた。

「あんまり悩むなよ。頭痛くなるぞ」

「……」

「パレードが始まるまで少し休んでいこうか」

君が近くのベンチを指さした。ついうなずいてしまう。並んで座ると、君は私の手を離し、しばらくベンチにもたれた。手に持ったアイスのカップは冷たいのに、不思議と手のひらが熱い。一口すくって食べると、アイスが口の中で甘くとろけた。

「おいしい？」

「うん」

「ずるいな、一人で食べるのかよ」

「……二つ買えばよかったのに」

「その必要はないね。こういうのは」

アイスをすくった私の手が、君の方へとやんわり引っ張られる。

「こうすればいい」

君がスプーンを口に運んだ。私は我慢できずに目をそらした。私に向けた視線が、君の口の中に溶けていったアイスより、ずっと甘い輝きを帯びていたから。直視できなかった。

そして急に腹が立ってきた。

「さっきから何のつもりよ」

「そうだなあ、デート？」

「……」

「え、違う？」

どうして、今さらそんなことを言うのよ。頭の中が混乱した。複雑な思いが、記憶と相まって波のように脳内に打ち寄せる。

「……兄妹だって言ってたくせに」

「書類上の家族関係が有効なのは、生きている間だけなんだ。俺は死んだし、お前は死ぬ予定だし」

だからさ、と君はとぼけた調子で言い終えた。

「違うよ」

君が死んでまもなく、おばさんはうちを出たの。

「書類上でも、違う」

一時は家族同然だったし、本当の家族になれたかもしれないけれど、とにかく今は違う。君はしばらくの間私を見つめたかと思うと、ある意味、六年前の私が切実に欲しかった言葉を口にした。

「じゃあ、俺がお前のことを好きでも構わないってことだな」

遠くからパレードのスタートを告げる音楽がにぎやかに聞こえてくる。君は両手で私の頬を包んだ。甘い息遣いが今にも届きそうなほど、二人の顔が近づいた。呼吸が混ざり合う。触れそうになった瞬間、ためらうように君が動きを止めた。いい？ と聞くかのように。

私はまばたきをした。うん。

唇が、触れ合った。

世界中の全ての音が、遠くに吸い込まれてゆく。

このまま地球が滅亡したらいいのに。

二七

わざわざ観覧車に乗ったのは、遊園地のラストはどうしてもこれじゃなきゃ、と君が言い張ったからだ。ギフトショップ、動物園、アトラクション、パレード、観覧車。あの時と全て同じなのに、あの時と全く違う。向かい合って座る時も、君は私の手を離さない。明日になれば終わってしまう、今だけの何か。こういうのを恋と呼んでもいいのだろうか。だとすれば、とりあえずリストの〈7番〉までクリアしたことになるわけか。日の出は見られなかったけれど、とにかく夜を明かしたんだから。

「あー、生きていたら、もっといろんなことをやってみたかったなあ」

そう言うのと同時に、君はつないでいた手を離した。

「チョン・ヒワン」

「……何よ」

観覧車に乗り込んだ瞬間から、ずっと背筋に張り付いていた不吉な予感が、現実になりつつある。私は顔を背けて窓の向こうを眺めた。濃い夜の闇に色とりどりの光が泳いでいる。夢の中で見るような景色だと思った。いくら手を伸ばしてもつかめないことが分かっているから。

「こんなのは、たかが青春時代のセンチメンタルな感情に過ぎない。時間がたてば、多分すっかり忘れてしまうだろう」

ここは私にとって、いつだって縁起の悪い場所だ。

「俺たちの時間はあの時ストップしたんだ。だからそのままの形で残っている。それだけだ。ただそれだけのことさ」

いつも嫌なことだけを思い出させるから。

——あの二人、結婚することに決めたらしい。

——……そんなこと、私は聞いてない。

――ああ、だから今、教えてやってるんだよ。後でその話が出たら、知らなかったふりして祝福してあげろよ。

「だからもう忘れてしまえ」

あと一日、猶予が欲しかった。どうせ明日でおしまいなら、あと一日だけ。でも、すでに宣告を受けてしまった私は、もう以前のようにわがままにはなれなかった。

「行こう。そろそろ終わりの時間だ」

観覧車が音を立てて止まった。君が先に降りた。遊園地の出口へと向かう君は、何も言わずに前を歩いた。もう私に手を差し伸べようとはしなかった。君の歩いた後を追うように、花びらがひらひらと降ってきた。桜の季節が終わろうとしている。なぜか悪寒がした。

「ここでいいな」

君が立ち止まった場所をじっと見つめる。ここがどこなのか、私には分かる。忘れるはずがない。六年前、君はここで事故に遭った。私を助けようとして。

「午前〇時になる前に終わらせるんだ。でないと運命を変えられない」

この後君が何を言うかは聞かなくても分かっていた。自分の名前を呼べというのだろう。そうすれば私は苦しまずに死ねると。でも、どうして？　私は自分の体がばらばらになっても構わないのに。どれだけ苦しくても平気なのに。

「呼べよ、俺の名前」

「いやだ」

君を死なせてしまった私が、安らかに死んでいいわけがない。苦しまずに済むなんて、到底許されない。

「そうか？」

君が冷ややかに笑った。そして、最後の宣告が私の心を引き裂いた。

「それでも呼んでくれ。お前が呼んでくれないと、俺が死ぬ」

「……うそ」

「うそじゃない。でなければ、俺がお前にここまでする理由がないじゃないか」

「うそ。あんたの言うことはうそばっかり」

「俺を二回も殺すつもりか？」

誰かに心臓を丸ごと握りつぶされているようだ。

「……それも、うそだ」

「うん」

「……うそつき。最悪」

「うん」

「……キム・ナム」

「最初からこうすればよかったな。あと一回だ」

「……」

「ほら、早く」

「……キム・ナム」

その瞬間、君が満面の笑みを浮かべた。手をつないで歩く間、ずっと私に向けていたあの優しくて甘いほほ笑みが戻った。

「やっと契約成立だ」

「何の……こと？」

胸の鼓動が速くなった。何かがおかしい。違う、確か、君の名前を三回呼んだら、私の魂が君に引き継がれて、その瞬間私は死ぬんだって言ったじゃない。

だけど、何の変化も起きなかった。

「私……死ぬんじゃなかったの？」

「俺がお前を死なせるわけないだろ」

鼓動がさらに激しくなって、息が吸えなくなりそうだった。

何を言ってるのよ、そう聞き返そうとしたとき、君の手が私の目元を覆った。

「チョン・ヒワン、そろそろ起きる時間だ」

視界が真っ白になり、何が何だか分からないうちに、これまでいた世界がぴしゃりと閉ざされた。頭がぐらっとした。

次の瞬間、私はどこかの病室に立っていた。ベッドで眠る自分を見下ろしながら。

「これで分かっただろ?」

「……私、なんで生きてるの?」

「死んでないし、もう死なないから」

「あっ」

散らばった記憶のかけらが、一つずつよみがえってきた。あの日、私は朝早く起きて、前の日に父が詰めていった冷蔵庫の中身を空っぽにした。食材も、保存容器に入ったおかずも、何もかも捨てたのに、父が最後に押し付けるようにくれたビタミン剤だけはなぜか捨てていなかった。空になった冷蔵庫を拭き、ゴミ箱をきれいに洗った。光熱費を全て支払い、最後の家賃を振り込んだ。バイト先のコンビニに出向き、事情があって明日からは来られなくなったと頭を下げた。最後の行き先は大学だった。学部事務室に休学届を提出して帰路につくと、いつしか日が傾いていた。

私は人生を終えるつもりでいた。君がいなくなってからの人生は、まるで役に立たない付録のようだった。いつ捨てても惜しくない、ただなんとなくそのままにしてあるつまらないおまけのような人生。それを捨てる時がきた、そう気付いたのがあの日だった。

そして奇妙なことに、死のうと決めた日の午後、私は交差点を渡っているところを車にはねられた。

私の死は保留になった。死にはしなかったが意識を失った。ひょっとすると君と一緒にいた日々は、全部私の夢だったのかもしれない。そして君さえも。でも君はあんなにも鮮明だったし、今だってそうだ。

私の体は、明かりの消えた病室に一人で横たわっていた。酸素マスクに、生きている証しが広がっていく。私は自分の姿をじっと見つめた。私はここにいるのに、私の体はそこで生きている。

「これも……夢？」

「いいや」

夢でなければ何なのだろう。君の存在と、この数日間と、この瞬間は。どう考えても説明がつかない。

「もう死ぬの？」

「いいや」

「どうして」

「俺がお前を死なせるわけないだろ。お前のことをどれだけ……」

君はそれ以上続けなかった。ただほほ笑んだ。省略された言葉が何なのか、今なら分かる。涙がこぼれ落ちた。

「また、私を置いていくの？」

「待ってるから。ゆっくり来いよ」

「……どうして、一体どうして」

「長生きしろよ。一〇〇年後にまた会おうって約束しただろ」

我慢できずに泣き崩れた。ほんの一瞬私の髪に触れた君の姿が、少しずつ薄れていく。私が手を伸ばすと、君が言った。

「楽しく暮らせよ。待つことは楽しみにすることだっていうだろ。きっと面白いはずだよ。泣くなって。ここで待ってる。どこにも行かないから……」

泣きながらまばたきをすると、君はもういなかった。それと同時に、意識が戻った。

「ヒワン？」

おばさんがいた。まるでうそみたいに、私の目の前に。理由を考える前に泣きだしてしまった。驚いた彼女が私の手を握った。

「気が付いた？　大丈夫？」

「……おばさん……」

私はおばさんに抱きついて、叫ぶように言葉を吐き出した。

「ごめんなさい。ごめんなさい。だから、だから……ナムを、ナムを助けてください。行かないでって。ナムを助けてください。お願い、助けて……、助けてください」

「……いいの、いいのよ、ヒワン。あなたは何も悪くない。私の方こそごめんなさい。私がいけなかったのよ……」

温かい手が私の体を包み込んだ。私たちは抱き合ったまま、滂沱《ぼうだ》の涙を流した。

二九

そうして君は、再び私の元を去っていった。

チョン・ヒワン

○

君がいなくなって二日目。

　おばさんはずっと私のそばで看病してくれる。二箇所ほど骨にひびが入ったとはいえ、付き添いが必要なほどひどいけがでもないのに、いくら大丈夫だと言っても聞き入れてくれない。おかげで私はベッドの上でじっとしているほかなかった。

　数日前、つまり私が事故に遭った日、おばさんは私に会いにこようとしていたという。偶然なのか運命なのかは分からない。

　私には、おばさんに打ち明けたい思いが積もるほどあった。意識が戻った瞬間、私はずっと抱えてきた罪悪感と謝罪の言葉を、彼女に向かって何度も何度も口にした。それはおばさんも同じだった。そこへやってきた父は、目を覚ました私を見て、力が抜けたように膝を床につき、しばらくの間肩を震わせていた。終わったと思った謝罪大会に、もう一人が加わった。

　悪いのは私なのに。

申し訳なくて苦しくて、胸が締め付けられた。

一

君がいなくなって一週間目。

誰かがお見舞いに来た。見覚えのある顔だ。背が高くてショートカット。少しシャープな顔立ちだけど、笑うと優しそうだ。驚いて見上げる私に向かって、その人が頬をかきながら、きまり悪そうに言った。

「私のこと、覚えてる？」

「コ・ヨンヒョン……だったよね？」

彼女はにっこり笑ってうなずいた。でも、どういうことだろう。確か私はこの一週間、意識不明の状態で集中治療室にいたはずなのに。どこからが夢で、どこからが現実だったのだろう。

彼女が写真を一枚取り出した。私は思わず口元を押さえた。でないと悲鳴を上げてしまいそうだったから。散りかけた桜の木の下で、しかめっ面の私と明るく笑う君がいた。現実世界では二度と会えないと思っていた、大人の姿をした君が、四角いフレームの中に収まっている。

「必ず見せてあげなきゃと思って」

「これ、一体どういうこと……？」

「話したいことがたくさんあるんだ。退院したら学校に来て。一つずつ教えてあげる。今ここで全部話すにはあまりに長過ぎて」

あの時は全然気付かなかった彼女の表情が、今ははっきりと見える。理解と、そして共感。さっきより、胸の鼓動がわずかに力強くなった。

「……ありがとう」

「友達になろうって約束したの、覚えてるよね？」

彼女が笑顔で手を差し出した。ためらいながらその手を握った。君が作ってくれたバケットリストの〈1番〉を思い出した。

「友達をつくる」

こうやって始めていけばいいのかな。

彼女が帰り、席を外してくれていたおばさんが医事課から戻ってきた。

「あら、きれいな写真ね。さっきの子がくれたの？　桜がきれいねぇ。来年一緒に見にいこうか？　あなたが退院したら……ね、ヒワン？」

ああ……。大人になったナムの姿を、おばさんにも見せてあげたかったのに。泣きそうになった私は目元を隠してうつむいた。でもこらえきれず涙があふれた。おばさんは、優しく背中をさすってくれながら小さな声でささやいた。

「大丈夫よ、ヒワン。もう大丈夫だから……」

だから思う存分泣いてもいいんだよ、とでもいうように。

二

君がいなくなって三五日目。

退院後、一人暮らしの部屋を引き払って実家に戻った。君と私の思い出がそのまま残っている古いマンションに。以前はここで君の名残を目にするのが怖くて、何もかもがつらかった。けれど、今は違う。一つ一つ、君の手が触れたものを再び見つけることができて楽しい。

父とおばさんが、明日時間をつくってくれと言う。話したいことがあるらしい。胸がどきどきした。何の話かは察しがついている。今度こそ、必ず、二人を祝福してあげたい。

今の私は、愛する人たちの幸せだけを願っている。

三

君がいなくなって三六日目。二人が連れていってくれたのは、すてきなレストランではなく納骨堂だった。そこに君がいた。君の名前、君の写真、君が納められた小さな骨つぼ。

君に会いにこようとは一度も考えてみなかった。待っているから、どこにも行かないからと言った君が、いつもそばにいるような気がして。それにしても、骨つぼに書かれた君の没年月日が変だ。この日付は確か、私が病院で意識を取り戻した翌日だ。

戸惑う私におばさんが教えてくれた。実はあの事故で君は死んでいない、植物状態となって、その後六年間、病院で生きていたと。私が罪悪感で自分を見失わないかと心配で、どうしても言い出せなかったらしい。そして私の意識が戻った翌日、君が息を引き取ったこと。君だけでなく私まで失うのではないかとおびえていた二人は、私に知らせず静かに君の葬儀を執り行ったと言った。

その話を聞いて唐突に気付いてしまった。君が言った「契約」の意味がやっと分かった。込み上げる感情を抑え切れなくなった私は、その場に崩れ落ちた。君が私に人生をくれたんだ。私は君に何もしてあげられなかったのに、どうして君は……。おばさんは私を抱き寄せて、慰めるように背中を優しくたたいた。父がそんな私たち二人を抱擁した。一人を見送って三人家族になった私たちは、君を亡くした悲しみを受け止めるために、互いを必要としていた。

四

君がいなくなって五七日目。

父とおばさんが結婚式を挙げた。当の二人より私の方が緊張してしまい、お開きになる頃にはぐったりした。そんな私を、ヨンヒョンがずっとそばで気遣ってくれた。

私たちは今、少しずつ友達になりつつある。彼女にそう言ったら、派手に噴き出しながら私の背中をばんばんたたいた。

「あんたの基準だと、私たちいつになったら友達って呼べるわけ？」

どうやら私たちはすでに友達だったようだ。君が書いてくれたバケットリストの最初の項目を線で消した。一個ずつ、ゆっくりだけど、取り消し線は確実に増えている。

五

君がいなくなって二五四日目。

バケットリストの〈６番〉を線で消した。今度は雲に遮られることもなく、大きくてまぶしい太陽が、見渡す限りの海を自分の色に染めながら昇った。願い事をした。私が、そして君が愛する全ての人々が、いつまでも幸せでありますようにと。

六

君がいなくなって三五八日目。

桜の花びらが舞う季節がまためぐってきた頃、おばさんが赤ちゃんを産んだ。妊娠中ずっと、いい年をしてこんな、と私の顔を見るたびに恥ずかしがっていた彼女が、感極まった瞳で生まれたばかりのしわくちゃな赤ん坊を胸に抱いている。その姿を見て、私はずっと言いたかった言葉を口にした。

「お母さん」

「……」

「おめでとう」

「……ヒワン……」

私は両手を伸ばして、おばさん、いや、お母さんと妹を抱き締めた。お母さんは、ヒワン、あなたは私の娘よ、と潤んだ声でつぶやいた後、声を上げて泣いた。まるで子どものように、これまで心の中にずっとたまっていた涙を全部吐き出すかのように。私は、申し訳なさとありがたさでいっぱいだった。

君が私に残してくれた全てのことに感謝してる。

私のお母さん、私の妹、私の家族、私の時間、私の人生……、その全てに。

七

君がいなくなって三七五日目。

出生届を出した。父と私で、妹の命名をかけて熾烈《しれつ》に戦った。そして、お母さんはこれまで通り私の味方だった。「チョン・ヒラム」。その名にどんな思いが込められているのか分かってるよ、というように、彼女は静かにほほ笑んだ。

ほら、君と私の、私たちの妹だよ。

君に見せてあげたい。

君はどう？　こっちはみんな大丈夫だよ。それぞれの人生を慈しんで、大切にして、日々生きているよ。そして……。

君は今も変わらず私を待っているんだろうか。あの桜吹雪の中で。

残された日々にも、過ぎゆく時間にも、もどかしさは感じない。待つことは楽しみにすることだって言ったよね。再び君に会えるのを待つ全ての時間が、そうして迎える毎日が、楽しみでたまらなくて、胸が高鳴るから。そうやってこれからも君を待つよ。

君もそうなのかな。

そんなふうに、今も私を待っているのかな。

キム・インジュ

○

二本の赤いライン。

小さくて細長いスティックの上に、真っ赤なラインが二本、鮮やかに浮き出るのを目にした時、彼女は何を思ったのだろう。二三歳のキム・インジュはようやく気付いた。自分は賢い人間だと思っていたけれど、実際にはただの世間知らずにすぎなかったことを。

一

恋をした。それは後悔していない。せめてそう信じたかった。

昼下がりのカフェ、向かいに座った女は優雅な美人だった。腰かけた姿勢も、切れ長の目も、その下の涙ぼくろも、カールされた長いまつげまで、どこをとっても非の打ちどころがなかった。さらには、その目に浮かんだ軽蔑の色さえも優雅に見えるほどだった。

キム・インジュは思った。ドラマでよく見る健気で明るいヒロインが、御曹司の恋人の許嫁《いいなずけ》やお金持ちの元カノと対面する時、きっとこんな気持ちになるのだろう。しかし、キム・インジュはドラマのヒロインではなく、恋人は財閥の跡取りではあったけれど、ドラマに出てくるようなヒーローではなかった。そして、健気で明るい女子社員と本部長という、身分違いの二人の切ない恋というわけでもなかった。一言で言えば不倫だった。今の心情をあえて例えるなら、法廷で最後の判決を待つ被告人のそれと酷似しているかもしれない。心細くて、不安で、そして……多少は悔しくて。

「長々と話すつもりはないわ」

相手の女がため息混じりに言った。物思いにふけっていたインジュは、びくっとして姿勢を正した。返事をしようにも、何を言えばいいのか分からなかった。これまでの人生でただの一度も、自分がこんな状況に陥るとは思ってもみなかったからだ。

「単刀直入に言うわ。会社は辞めてもらう。子どもは堕《おろ》してちょうだい」

女はいきなり本題に入った。法廷でも反論の機会があるというのに。こちらの事情を並べたてたいわけではない。ただ。

「夫の親族もみんなそう望んでるの」

「あの……私の意見は？」

本当はもっと言い返したかった。これは私の人生で、私にも意思があり、選択する権利があると。

「あなたの意見を聞いてくれる人がいるとでも思ってるの？　いないわよ」

嘲笑しているようには見えない。表情も口調も淡々としていた。

「ええ、それは分かっています。でも、言い訳になるかもしれませんが、ユ課長が既婚者だなんて知らなかったんです。それに、分かった後も、奥さんと別れるつもりだという言葉を信じてしまって、でも、やっぱり、これは間違いで……、あ、私、今、すごい図々しいですね……すみません……」

ああ、めちゃくちゃだ。こんなふうに弁解したかったわけじゃないのに。インジュはぎゅっと目を閉じてうなだれた。

女は無表情だった。やれるものならやってみろと言わんばかりに。

よくある話だ。疑うことを知らない世間知らずの新入社員に、他部署のイケメン課長が顔と金と優しさを武器に接近してきた。しかし、よりによって彼は会社のオーナーの一人息子で、身分を隠したまま勤務していたので、彼が既婚者であることは誰も知らなかったのだ。

正確に言えば、彼の正体を知っているのは上層部の幹部たちだけで、彼らは、受付の女子社員がもてあそばれていることを知っても、浮気？　まあ、男ならよそ見の一つもするだろう、適当に遊ばせてやれよ、といった調子で、誰ひとり気に留める者はいなかったのだ。

インジュが事実を知った時にはもう手遅れだった。きっと何かに取り憑かれていたに違いない。でなければ、妻とは別居中でもうすぐ離婚するつもりだ、僕が愛しているのは君だけだ、必ず君と結婚するよ、なんて真っ赤なうそを信じるわけがない。

男の優しさは、結局は優柔不断の裏返しで、彼の唇がささやいたロマンチックな将来の話は全て、責任逃れのうわ言に過ぎなかった。でも、インジュがそれに気付いたのは、妊娠検査薬で陽性反応が出た後だった。

「キム・インジュさん」

「あ、はい……」

「言い訳は要らない。あなたの髪をひっつかんでやろうと思って来たんじゃないから。ただ、あの人の妻としてやるべきことをしているだけ」

そういえば、ユ課長が言っていた。親が無理やり決めた結婚で、妻はただの飾り物だから全く情が湧かないと。彼がついた数多くのうその中で、少なくともそれは事実らしかった。インジュはぼんやりと彼女を見た。そのまなざしに夫への愛は感じられない。ただ軽蔑の色だけが浮かんでいる。

女がバッグから分厚い封筒を取り出してテーブルの上に置いた。中身は札束だ。封筒に視線を向けたインジュは、雷に打たれたようにハッとした。

「手術代よ。多めに入れておいたわ。ちょっとは助かるでしょ」

当然助かる。封筒の厚みだけで想像がついた。手術代よりはるかに多そうだ。そういえば以前、オーナー一族はかなりのお金持ちらしいと聞いたことがある。

とはいえ、素直に手を伸ばすことはできなかった。どちらが利口な選択なのかは分かり切っている。お金を受け取って、手術をして、しばらく休んでから新しい仕事を探して、新しい恋をする。もちろん、既婚者と、独身をかたる男は避けて。だけど……。

インジュは自分のおなかにそっと手を置いた。ようやく四週を過ぎたところだ。まだ小さな細胞に過ぎない。愛情が湧くどころか、戸惑いしか感じないというのが正直なところだ。にもかかわらず、インジュは悲しかった。この子を歓迎してくれる人が誰もいないという事実が。生物学的な父親は、この子の存在を知るや否や雲隠れした。彼の実家の家族は妻をよこして、子どもを始末しろと言わせているわけだ。もし生まれたらその子の伯母になるキム・インジュの姉は怒り狂っていた。妹にとってもその子は何の得にもならない存在だと言って譲らない。目の前の封筒を持って帰れば、多少の良心はあるのねと言って、姉はすぐ私を病院に連れていくはずだ。その方が利口だと理性では分かっている。なのにどうして感傷的になってしまうのだろう。

「じゃあ、もう帰ってもいいかしら？」

「あの、本当にすみませんが……、ちょっと待ってください。これは受け取れません」

「困らせないで、キム・インジュさん」

「私の人生です。それに私の子です。どうするか決める権利は、私にあるんじゃないでしょうか。おっしゃる通り会社は辞めます。どうせクビになることくらい分かっています。でも、堕せというのはあんまりです」

「で？　産むつもりなの？」

「いえ、まだ何も決めていません。考える時間をください。それから決めます。でも、今の正直な気持ちは」

その後の言葉は衝動的なものだった。感じたことがそのまま口をついて出てしまった。

「産みたいと思っています」

インジュは席を立ってその場を離れた。女は何を考えているのか分からない目でインジュの後ろ姿を見つめ続けた。ぺこりと頭を下げてカフェのドアから出てゆくインジュを、女は引き留めようとしなかった。小娘に何ができるのよとでもいうように。

カフェを出て歩きだしたインジュはすぐに後悔した。

あの封筒、受け取っておけばよかった。

二

その夜、インジュは天使の夢を見た。頬のふっくらとした天使と手をつないで空を飛んでいる夢。どこからか一匹の犬が現れて激しく吠えるところで夢は終わった。ろくでもない夢なんて忘れなさいと姉には言われたが、インジュはその突飛な夢がずっと気にかかって、結局手術を受けることができなかった。

翌年二月、冬の終わりにラムが生まれた。

三

彼女と再会したのは、ラムが六歳になった年のことだ。

優雅な姿勢、少し陰のある表情、一文字に結ばれた赤い唇、そして軽蔑するようなまなざしまで、何もかも以前と変わらず美しかった。

「あの子、うちで引き取るわ」

このぞんざいな話し方も。七年前の私は、どうしてこの失礼な話しぶりに対して抗議もできず、あんなに震えていたのだろう。

「え？」

インジュは驚いて目を丸くした。そばで遊んでいるラムに視線をやった。もう一度女の方を見ると、彼女は、そうだと言うようにわずかにうなずいた。

「夫の両親がそう望んでるの。私、不妊だから」

「……あの時は堕せと言っておきながら、今になって子どもをよこせだなんて……物じゃないんですよ？　そんなひどいこと、よく言えますね……」

女は落ち着いた声で事情を説明した。いくら努力しても子どもができないと分かると、夫の両親はラムを連れてこいと彼女に言ったらしい。そこまで無神経になれるのかと、インジュはあぜんとした。そもそもあり得ない要求だ。ましてやそれを彼女に言わせるなんてひど過ぎる。

「そんな、あまりにもひど過ぎます。いえ、これはあなたに言ってるんじゃなくて、あちらのご両親のことです。本当に信じられない……」

しかし、女は以前と同じように顔色を変えなかった。インジュには異常に思われるほど動じていない。彼女はにこりともせず、バッグから封筒を取り出した。この後に続くやりとりは聞かなくても分かっている。前回同様、その封筒はテーブルの上にポンと置かれた。古典的過ぎる。インジュはため息をついた。

「これまでの養育費よ」

さっきの封筒の上にまた別の封筒が重ねられた。どちらも中身がぎっしりなのが分かるほど分厚かった。

「これは手間賃。多めに入れておいたから」

「なるほど。お金で子どもを買いにきたんだから、多めに入れてもらわないと。いくらあれば足りるのか、ご存じですか？」

「さあ。それって、答えのある質問なの？」

「……」

「あるなら言ってくれない？　いくら払えばいいの」

女が財布を取り出した。そして、テーブルの上に白紙の小切手を置いた。インジュは指先がかすかに震えるのが分かった。七年前、カフェを出た後すぐに後悔したことを思い出した。あの日受け取らなかった封筒は、時間がたつにつれてますます鮮明な形で何度も脳裏をよぎった。この国で未婚の母として生きていくのは、決してたやすいことではない。プライドなんてかなぐり捨ててあれを受け取っていれば、ラムにもう少しまともな服でも買ってやれたはず。それに、もしラムがいなかったら、あのお金で人生をやり直せたはずだ。

「いくら払ってくれるんですか？」

「いくら欲しいの？」

欲しいだけ払うと言わんばかりの態度だった。いくらであろうと相手にとっては何の問題もないのだろう。悩んだ末に、インジュは封筒に手を伸ばした。

「考えさせてください。明日また連絡します。これは前金でもらいます。明日……子どもを引き渡す時に、その小切手もください」二つの封筒をかばんに入れた後、インジュはラムの手を引いて自宅へ向かった。何か大きな間違いを犯した気分で足取りは重かった。けれど、札束の重みはいろんなことを忘れさせてくれた。

その日、キム・インジュはラムと二人で逃げることに決めた。二つの封筒を手に。

そうしてたどり着いたのが今の家だった。遠く離れた街の古い公営マンション。母と息子は、そこで小さな女の子に出会った。

四

その子は毎日、公園のベンチに人形のように座っていた。両手に抱えた人形よりも、彼女の方が愛らしかった。白い頬と黒くつややかな髪、端正な顔立ち。走り回って遊んでいる他の子たちとは違って、彼女はほとんど姿勢を崩さず、何時間も静かに座って過ごす。時折彼女の視線だけが、空と地面と周りの物と人との間を行ったり来たりするだけだった。

インジュは彼女のことを一目で好きになった。なんてきれいな子なんだろう。彼女のことを、大人びていてかわいげがないという人もいたけれど理解できなかった。

インジュは昔からきれいでかわいいものを見ると、すぐにほれてしまうタイプだ。文房具店の前を通りがかってキュートな人形などを見かけると、つい財布のひもを緩めてしまう。それは対象が人であっても同じだ。ユ課長に対してもそうだった。哀愁の漂う横顔や、美しい外見を彼が持っていなければ、おそらくあれほど簡単にほれたりはしなかっただろう。

インジュは深く考えず、小走りでその子に近付いてあいさつをした。

「まあ、あなたが六〇二号室のお姫様ね？」

彼らの関係はそうして始まった。

五

料理は得意な方ではない。自分なりに努力はしてみた。けれど、世の中のあらゆることがそうであるように、いくら頑張ってもうまくいかないことはある。インジュは料理がからっきしダメだった。

例えば、たった今出来上がったこのカレーライス。子どもたちに一皿ずつ出してやってから、自分の分をよそって一口食べた瞬間に彼女は絶望した。(何、この味? プラムを入れたらコクが出て、カレーの風味が引き立つってテレビで言ってたはずなんだけど。うーん……もしかして、プラムじゃなかった?)

インジュは、どろりとしたカレーに目をやってから子どもたちの方を振り返った。ラムの表情がおかしいのが一目で分かった。ほとんどかまずに飲み込んでいる。ラムは、隣に座っているヒワンにひそひそと耳打ちした。

「ほら、言っただろ。うちの母さんは料理が下手だって」

(そんなこといつ言ったのよ……)

インジュはがっくりと肩を落とした。いつも通りにすればよかった。下手なりにカレーだけはなんとか食べられる味だったのに。浮かれ過ぎてつい欲張ったのが失敗の原因だった。もちろん、冷蔵庫の中にたまたまあったプラムの存在も一役買ったが。

カレーは捨てて出前でも取った方がいいかと思い、席を立とうとした瞬間だった。ヒワンが口の中のものをごくんと飲み込んでから、小さな声で言った。

「おいしいよ」

そして、スプーンでゆっくりとカレーをすくって口に運び、またもぐもぐと食べ続けた。どう見てもおいしくて食べているようには見えない。しかしその日、ヒワンはインジュがよそってやったものを残さず平らげた。ラムはニッと笑顔を見せ、競争でもするかのようにせっせとスプーンを動かした。

インジュは鼻の奥がつーんとした。そして決めた。こんなに優しい子をつかまえて、無表情だの子どもらしくないだの、悪口言うなんてひどいわ。優しくしてあげよう。いいお隣さんにならなくちゃ。友達になるのに年は関係ないというじゃない。早くこの子といい友達になりたい。

そう思うと、インジュは心が温かくなった。ここに逃げてきてからずっと心の片隅にこびりついていた不安が、たちまち洗い流されたような気持ちになった。何だか全てがうまくいきそうな、かすかな希望が生まれた。最初からこんなすてきなご縁に巡り合えたんだから、ここでの暮らしはきっと楽しくなるはず。インジュはそんな気がした。

チョン・イルボムという名前については特に何も思わなかった。ヒワンを家に招待する前に電話した保護者の名前。ヒワンのお父さん。隣に住む男性。その程度の認識だった。礼儀正しい人のようだが、平凡な印象だ。お隣でなければ、ヒワンと知り合わなければ、特に気にも留めなかっただろう。インジュが彼を一人の男として意識するようになったのは、全くの偶然だった。

七

インジュは、姉の経営するコンビニで夜間シフトに入っていた。楽な仕事とはいえないが、昼夜が逆転することを除けば、そこまで大変ではなかった。店は自分の住む団地のそばにあって、夜中のお客さんはほとんどいない。たまに酔っぱらった客が来る程度だ。面倒な客にあきれたのも最初だけで、今ではうまく対応できるようになった。他にもう一軒コンビニを経営している姉の話では、インジュの勤める店の客は、ほとんどが顔見知りのご近所さんたちだからか比較的マナーがいい方だという。これでマナーがいいというなら、他の場所では一体どんな客が来るんだろうと思わないでもなかったが。

とにかく、インジュにとっては好都合な職場だった。昼間は子どもと一緒に過ごすことができ、仕事中に何かあってもすぐ家に駆けつけることができる。ぜいたくは言えなかった。

「いらっしゃいませ」

　客の入店を知らせるチャイムが鳴った。会社員らしき男が、千鳥足で中に入ってくる。さっそく酔っぱらいの登場か。インジュは小さくため息をついて男を注視した。そしてほんの少し驚いた。

「こ～んぶぁんわぁ」

　舌がもつれてまともに喋れなくなっているこの男は、どう見てもお隣さん、ヒワンの父親だった。いつものきちんとした姿はどこへやら、ネクタイは半分ほどけている上に、シャツのボタンが二つほど外れていた。ずれた眼鏡はかろうじて鼻の上にとどまっていて、かばんは……。

「あ、かばんが何か吐き出していますよ！」

　インジュが驚いて叫んだ。その声に、男はぼんやりとした目で彼女を見ると、かばんの方へ視線を向けた。彼が一歩進むたびに、革のかばんから何かがこぼれ落ちている。レジカウンターから出た彼女が慌てて拾ってみると、全部キャンディーだった。ヒワンの父が手に持っている通勤かばんには、書類やペンではなく、なぜかキャンディーがぎっしり詰まっている。

「あの、これ……何なんですか？」

　この人、キャンディーを作る会社に勤めているのだろうか。そんな疑問が浮かんでも不思議はない光景だった。

インジュはなんとなく見当がついた。カラオケや居酒屋に行くと、レジのカウンターによく置いてあるキャンディー。彼女は、男が歩きながら落とすキャンディーを丁寧に拾ってやった。店の入口まで点々と続く色とりどりのキャンディーを拾っていると、「ヘンゼルとグレーテル」に出てくるグレーテルになったような気がした。

「うちの、ヒワンに……そりを、いえ、それを、やろうと思って、そぬぉ……」

彼がやっとのことで話した内容は大体そんな感じだった。本人ははっきり話そうとしているようだったが、まともに発音できないせいでほとんど意味が分からなかった。インジュは、普段の彼の端正な話し方を思い浮かべ、酔うとこうなるのかとやや意外に思った。

男は頭を横に振りながら、片手で顔をさすった。正気になろうと努力しているようだ。何度かふらつきながらも、懐から財布を取り出してカウンターに紙幣を一枚置き、店の冷蔵庫から酔い覚ましのドリンクを取り出して一気に飲み干した。ふぅ、と男が深呼吸をした。

両手にキャンディーを持ったまま、インジュは男の姿をぼんやりと見つめた。思わず笑いが込み上げてきて、とっさに顔を背けた。口元が緩むのを我慢するのが大変だった。五分ほどたっただろうか、ひとしきり深呼吸を繰り返していた男が、少し正気に戻ったような足取りで彼女に近づいた。

「すみませんでした」

「えっ……いえ、大丈夫です」

「久しぶりに飲み過ぎたせいで。本当にすみません、あの……」

○9○

男が首をかしげた。ふと何かに気付いて驚いている。ヒワンと同じで、普段はあまり表情を変えない人だったが、酔うと表情が豊かだ。

「……失礼ですが、お名前は……すみません、余裕がなくて、これまでまともにお名前をうかがっていませんでした」

「あっ」

言われてみればそうだ。インジュは、初めてあいさつした時のことを思い出した。そしていつも繰り返していたのは、こうだ。

──ラムの母です。

──ラムの母ですけど。

──あ、私、ラムの母ですが。

でもこの人は、確か最初の電話ではっきり名乗っていた。

──チョン・イルボムです。

「チョン・イルボムです」

男が片手を差し出した。大きくて頑丈そうな手だ。インジュは気付いた。ラムの母、その通りではあるけれど、その前に自分は
「キム・インジュです」

キム・インジュという人間だった。

生きるのに精いっぱいで、すっかり忘れていた。目の前の男性がそのことに気付かせて

くれた。

改めて彼の顔を見つめているうちに、握手するタイミングを逃してしまった。失礼なことをしたにもかかわらず、男は不快さをみじんも見せず、自然に手を下ろした。

ああ、私ったらなんてことを。彼の握手を断った形になってしまったことに、一瞬遅れて気付いたインジュが慌てると、イルボムはかばんからキャンディーを一握り取り出し、インジュが持っているキャンディーの山の上に載せた。

「ラムにあげてください。喜ぶと思います。あれくらいの年の子どもは、みんなキャンディーが好きで……あ、いや、まだ酔いが覚めてませんね。風に当たってから帰らないと。いつもありがとうございます、うちのヒワンの面倒を見てくださって。あの子がインジュさんによく懐いてくれて、本当に助かっています。おかげで私も安心して出勤できます。ですから……」

長々と話すわりにはしどろもどろだった。自分で言っておきながら戸惑ったのか、彼は再び頭を振った。

「ありがとうございました。そろそろ帰ります」

ごそごそとかばんを閉じた彼は、さっき横に置いたドリンクの空き瓶を握り締めて出入り口へ向かった。ドアを開ける際に多少よろけてはいたが、何とか無事店から出ることに成功したようだ。

「あっ」

お礼を言うのを忘れた。インジュは、手に持ったままのキャンディーの山と、男が出ていったドアの方を交互に見た。

頬が熱くなっている。何、私ったら、あんな姿にときめいたってわけ？

キャンディーが床にこぼれ落ちた。インジュは熱くなった頬を両手で押さえた。火照りがなかなかおさまらない。そうだ、仕事、仕事しなくちゃ。とりあえず落ち着こうと、両手で顔をあおぎながらレジカウンターに戻ると、忘れていたことがもう一つあった。

「お釣り……」

うっかりして渡すのを忘れてしまっていた。

八

隣に住んでいるおかげで、お釣りは翌朝ちゃんと渡すことができた。昨夜酔っぱらっていたのがうそのように、チョン・イルボムは普段通りの整った身なりをしていた。のりの利いたワイシャツにきちんと締めたネクタイ。真っすぐな眼鏡と端正な髪型。父親と手をつないでいるヒワンもそうだ。アイロンのかかったワンピースにツインテール。手に持った人形まで、しみ一つなく清潔そうだった。

働きながら一人で子どもの面倒を見るのがどれほど大変なのかを、インジュはいやというほど知っている。自分自身もそうして生きてきたからだ。こざっぱりした身なりを維持するために、父親である彼が無理を重ねてきたことは想像に難くなかった。すごい努力家なんだな、それが三つ目の印象だった。

「昨夜は申し訳ありませんでした。職場の飲み会に参加したのが久しぶりだったものですから、つい……。見苦しいところをお見せして、本当にすみません」

彼は丁寧に頭を下げた。前日に我慢していた笑いが一気に込み上げてきた。ひとしきり声を出して笑ったインジュは、いたずらっぽい口調で言った。

「謝ってばかりですね。すみませんとか、申し訳ないとか、さっきからずっと」

「……いや、いろいろと、やらかしてしまって。面目ありません」

「それよりも、お礼を言われる方がいいです。これからはお互い、世話をかけたと思った時にはありがとうって言うことにしましょうよ」

昨日できなかった握手をしようと、インジュが右手を差し出した。

「私と友達になりませんか？」

「……すみま、ありがとうございます」

イルボムがその手を握った。大人たちのまねをして、ラムもヒワンに向かって小さな手を差し出した。ヒワンは首をかしげながらラムの手を握った。四人はマンションの廊下で、大きく手を振った。楽しい朝だった。

九

とはいえ、彼らがすぐ恋人関係に発展したわけではない。お互いに対する気持ちを確認し合うまでには時間がかかった。二人の心の奥底にこびり付いた過去の恋愛のせいもあったが、大きくは子どもたちのためでもあった。

自分たちのうかつな行動で子どもたちを傷付けるかもしれない。それが怖くて二人は気持ちを抑えてきた。日々の暮らしの中で垣間見える互いへの思いに気付かないわけではなかったが、イルボムは常にヒワンを優先したし、インジュも彼への思いと同じくらい、いや、それ以上にヒワンを大切に思っていた。無口で感情をあまり表に出さない小さな女の子が、本当はとても優しいことも知っている。

そんなヒワンが、実は少食で好き嫌いが多いことは、ずいぶん後になって分かった。それでもヒワンは、インジュが作った料理だけはいつも残さずに食べた。仕事で忙しい父親が買ってきてくれたブロンドのバービー人形も、本当は好きじゃなかった。けれどまるで自分の影ぼうしのように、いつもどこへでも抱えていった。高校生になった今も、彼女はその人形を机の上に飾っている。一見しただけでは分からない彼女のそんな心根を、インジュはいとおしく思った。

「娘ってそんなにかわいいの？」

ラムが何げなくそう言ったのは、ある夜のことだった。朝から風邪気味だったヒワンが薬を飲んで先に寝てしまった後、インジュはラムと二人、リビングでバラエティー番組を見ていた。ボリュームを最小にしたテレビの音と同じくらい、ラムの声は小さかった。彼は手にリモコンを握ったままソファにもたれていて、部屋にはコメディアンたちのせりふと笑い声だけが低く流れていた。

「そうよ。私にそっくりなかわいい娘が欲しかったんだもの」

「じゃあ再婚すれば。かわいい妹が生まれたら俺もうれしいし」

とぼけた口調でラムが言った。インジュはどきっとして息子の方を振り返った。

「それか、あいつを妹ってことにする？」

ラムがヒワンの寝ている部屋を顎でさしながら笑った。インジュは自分の手が震えるのが分かった。

「……この子ったら、つまらないこと言わないの」

(私が再婚したら、お前はどうなるのよ)

イルボムは知らないだろうけれど、インジュは気付いていた。これまで大切に育ててきた自分の息子だ。風邪で寝込むヒワンにそっと布団をかけてやるラムの気持ちと、彼の目に宿る愛情に気付かないわけがない。

「おお、母上さま。不肖の息子も今や大人でございます。あとは自立するばかりですので、どうぞ一日も早く、母上さまの人生をお探しくださいませ〜」

「もう、何言ってるのよ、まったく」

冗談めかして言ってはいたが、ラムの目は真剣だった。もし自分のせいで再婚を我慢しているなら、全く気にしないでくれとでも言うように。正直になってもいいのだろうか。戸惑う彼女の胸の内を見透かしたのか、にやりと笑ったラムが伸びをしてソファから立ち上がった。

「さーて、寝ないと。不肖息子、これにて失礼いたします。新しい父上さまとの出会いを楽しみにしております」

ラムは最後までとぼけながら玄関を出て、隣の自宅へと帰っていった。インジュは息子の後を追わずソファーにもたれた。ヒワンのそばにいてやらなければ。具合の悪い時に独りぼっちだと悲しいはずだ。ヒワンにそんな思いをさせたくない。そんなことを考える一方で気持ちは複雑だった。この先どうすればいいのだろう。

十

何年も悩んだ末に、イルボムとインジュは自分たちの気持ちに従うことにした。長い間ひた隠しにしていたけれど、一度決めたらあっという間に結婚まで話が進んだ。そしてようやく子どもたちにそのことを告げようとした日。

ラムが交通事故に遭った。

一一

病院の一階にあるカフェで、インジュは十一年ぶりにあの女と再会した。大学病院の中にあるせいか、騒がしいわりにあまり明るい雰囲気ではなかった。客の何割かは暗い表情を浮かべている。

インジュは疲れ切っていた。ラムが植物状態の判定を受けてからまともに眠れていない。夜、気絶するように倒れ込んでも、すぐに目が覚めた。ラムのそばに付きっきりで一度も自宅に戻っていない。イルボムが何度か着替えや日用品などを持ってきてくれたが、何一つ手に付かなかった。ひたすら同じ思いばかりが頭に浮かんだ。

どうしてこんなことに。

何が間違っていたの。

あの子のせいだ。

心の中の悪魔がささやいた。

違う。

何度否定しても、悪魔は少しずつインジュの気持ちを侵食していった。

あの子のせいだ。

あの子さえいなければ、息子がこんな目に遭うことはなかったはず。

ああ、なんて恐ろしいことを考えてるの。


「あれからどうしていたのか聞こうかと思ってたけど」

「……」

「愚問ね」

「……何しに来たんですか」

十一年間幸せに暮らしてきたインジュは、この女の存在をすっかり忘れていた。かつての記憶がよみがえった。目の前の女は昔と変わらず優雅で美しい。

「これまでの養育費よ」

女がテーブルの上に封筒を置いた。インジュはぼうっとしたまま手を伸ばし、封筒の中をのぞいた。厚さは以前と同じくらいだったが、金額ははるかに上回っていた。ああ、そうだ、あの頃はまだ五万ウォン札がなかった。封筒の中には、黄色い五万ウォン紙幣がぎっしり詰まっている。

「前渡金よ。残りは口座に送金したわ。物価の上昇も考慮して入れたから、足りないことはないはずよ」

口座……？　どうして私の口座を知ってるのだろう。インジュはわれに返った。

「口座ですって？」

「ええ、あなたの口座」

「どうやって……？」

「まさか、知らないとでも思った？」

「……だったら、どうして……」

そのまま逃したんですか？　そう喉まで上がってきたがのみ込んだ。小学生くらいの男の子が彼らのテーブルに走ってきたからだ。

「ママ！」

「ごあいさつは？」

「こんにちは、ユ・ソルハです」

少年は元気よくあいさつをした。一瞬の出来事にインジュはあぜんとしたが、慌てて返事をした。

「あ……こんにちは」

「秘書のユンさんのところで待っててくれる？　話がちょっと長くなりそうなの」

「うん、早く来てね」

彼は母親の両頬にキスをして、遠くで立っていたスーツ姿の男の元へ走っていった。つかの間のやりとりを見ただけでも、愛されて育ったことは一目で分かった。女の言動には愛があふれていた。

「あの子は……？」

「代理母」

「……実の親子かと思いました」

「子どもには罪がないでしょ」

「それも、向こうのご両親がさせたことですか？」

「そうよ」

「じゃあ、これも……？」

インジュが封筒を指さした。女はゆっくりと首を横に振った。

彼女の口元にはいつしか柔らかな笑みが浮かんでいた。

「あなた、お金好きでしょ」

嫌みでもなく淡々とした口ぶりだったが、インジュは恥ずかしくてうつむいた。

「あの時は、申し訳ありませんでした」

「何が？」

「……人さまのお金を使うべきではありませんでした。今、あの時の罰を受けているんでしょうね。時間をください……必ずお返しします」

「おかしなこと言わないでね、キム・インジュさん。これは義務なの。うちで育ててはいないけど、あの子はあの人の息子よ。父親が養育費を払うのは当然のことよ」

「……え？」

確かにその通りかもしれない。でも、彼ら夫婦の関係や、これまでのことを振り返ると、おかしな話でもある。自分の夫と隠れて付き合った挙げ句、望まれもしない子を勝手に産んで育てた女に養育費を払うなんて。それもこんなにさばさばとした顔で。

「毎月一三日にここで会うってことでいいわね。これからは毎月払うから」

「え……？」

ますます理解不可能だった。どうして？　インジュは複雑な表情を浮かべた。

「十一年前、お金を持って逃げた罰よ」

「そ、それは……」

「ああ、今だから言うけど、あの時のあなた、かなり印象的だったわ」

「……」

「先に行くわね」

混乱したインジュを置いて女は席を立った。さっきまで女が座っていた椅子とテーブルの上の封筒を、インジュはぼんやりと見つめながら思った。一体、今、何が起こったんだろう。

一二

この数日間の出来事はあまりに衝撃的で、全てを一度に消化するのは難しかった。インジュは、目の前のことから一つずつ片付けることにした。まず彼女は銀行へ行き、封筒に入っていたお金を入金した後、口座の残高を確認した。

「え、まさか……」

振り込まれていた金額を見て顎が外れそうになった。この大金が養育費？　十一年分となればそれなりの金額だろうとは思っていたが、どう考えても多過ぎる。何を基準に算出したのだろう。物価の上昇を考慮したとは聞いたが、それにしてもここまでの大金にはならないはず。疑問が次々と浮かんだ。しかし連絡先を聞いていないため尋ねるすべがない。狐につままれたような気分だった。

とはいえ、そのインパクトは絶大だった。通帳に印字された天文学的数字を目にした衝撃は、錯乱しそうになるほどの苦しみを上書きしてしまうほどだった。インジュが顔を上げると、ＡＴＭの上に鏡があった。誰が見てもひどい身なりの女がそこにいた。血の気のない顔には苦悩の跡がありありと浮かんでいる。

そうだ。何をすべきか、今の自分に最も必要なものは何か、インジュは気が付いた。一日も早く日常を取り戻さなければならない。苦しみを耐え抜くには、それしかない。

一三

インジュはその足で美容院に向かった。髪を整えた後デパートに行き、普段なら手の出ない高価な服を買って着替えると、高級レストランに入って久しぶりにゆっくりと食事をした。ホテルのスパではバブルバスにゆったりつかり、最後に丁寧なマッサージを受けた。

要するに、彼女は思う存分贅沢をしたのだ。気後れする瞬間もあったが、自分のために髪を整えておいしいものを食べ、凝り固まった体をほぐすリッチな時間は、確実に彼女の心を癒してくれた。

今の自分を他人が見たらなんて言うだろう。病気の息子がいるというのに、他人の金で派手に遊び回る気のふれた女だと後ろ指をさすかもしれない。母親の風上にも置けないと非難する人もいるだろう。気にするものか。私の心を救えるのは私しかいない。

病院に戻ったインジュは、息子の眠るベッドの横に簡易ベッドを広げ、何日かぶりにぐっすり眠った。

目覚めた時には、頭がスッキリしていた。心の中に住み着いていた悪魔を、やっと追い出したと思った。

一四

インジュがヒワンを愛していたのと同じくらい、ラムもヒワンを愛していた。もしあの事故の現場にいたのがインジュだったとしても、きっとラムと同じようにヒワンを助けたはずだ。だから、ヒワンは何も悪くない。

気持ちを整理するまでには少し時間がかかった。その間もインジュは、あの女と定期的に会うことをやめなかった。

「元気そうね」

一カ月前に会った時とは見違えるように変わったインジュの姿を見て、女がそう言った。いや、もう女と呼ぶのはやめた方がいいだろう。彼女の名前はハン・ホギョン、かつてキム・インジュが愛した男の妻。今は、なんと言えばいいのかよく分からない奇妙な関係だ。

「おかげさまで」

あなたがくれたお金で思いきり贅沢をしたと告げたら嘲笑されるだろうか。軽蔑されるだろうか。しかしインジュは淡々と話した。美容院、デパート、レストラン、スパ、マッサージ。

「そう」

ホギョンは、ほほ笑んだりうなずいたりしながら真面目に聞いてくれた。そこに非難の色はなかった。

それを見たインジュは、気持ちが楽になった。

「じゃあ、また」

インジュが話し終えると、彼女は短いあいさつをしてカフェを出た。翌月に会った時も同様だった。まるで報告義務があるかのように、インジュは一カ月間の出来事を話した。翌月も、その次の月も。そうするうちにホギョンも自分について話しはじめた。二人は会うたびに互いの話に耳を傾けた。

友人でもなく、知り合ったきっかけも最悪だった。そのためだろうか、親しい知人には言えない話でも、お互いの前では気負わずに話すことができた。二人の不思議な縁は、その後何年も続くことになる。

一五

そうして六年もの歳月が流れた。眠り続けるラムの体は筋肉が落ちてしまったけれど、事故当初よりわずかに大きくなった。植物状態でなければ、おそらくもっと手足が伸びたのだろう。ラムは高校生になった時点ですでに背が高かった。事故にさえ遭わなければ、きっとハンサムで立派な青年に成長したはずだ。

気持ちの整理がついたらヒワンに会いにいかなくては。インジュはそう心に決めた。けれどいざ行こうとすると、どうしても躊躇《ちゅうちょ》してしまうのだった。何年も心に葛藤を抱えたまま時間だけが流れてしまった。ヒワンに会ったら何から話せばいいのだろう。つい恨み言が出てしまったらどうしよう。インジュは自信がなかった。

事故の後、イルボムとの関係も終わってしまった。それでも彼はたびたび病院を訪れ、黙々とラムの世話をしてくれる。インジュが何度断っても彼はかたくなだった。この父娘の頑固さは筋金入りだということを改めて確認したインジュは、結局受け入れることにした。

「ねぇ、ラム」

いくら呼びかけても返事はない。もう慣れっこになってしまった。それでも、もしかして……と期待してしまう。昔のように笑顔で返事をしてくれるのではと。

「明日、ヒワンに会いにいこうかと思ってるんだ」

あの子も大人になっただろう、今も変わらずきれいなはず。

「母さんを応援してね」

私が勇気を出せるように。

翌日、インジュはようやく重い腰を上げて、ヒワンのアパートに向かうことにした。逡《しゅん》巡《じゅん》を繰り返しながらなんとかアパートの近くまで来たものの、結局は最後の勇気が出なかった。帰り道、彼女は力なく歩きながら何度も自分に言い聞かせた。明日こそ、そう明日こそ。私を見たらヒワンは何て言うだろう。恨んでいるかもしれない。いや、喜んでくれるかもしれない。それとも……。思いあぐねた彼女は、無駄な想像をするよりも自身が取るべき行動を考えた方がいいと思い直した。まず謝らなければ。あなたのことを思いやれなくて申し訳ないと。それから抱き締めたい。これまでの分まで。

ポケットの中で携帯電話が振動した。画面にチョン・イルボムの名前が浮かんだ。なんだろう。たまに病室に来ることはあっても、わざわざ連絡をよこすことはなかったのに。そう思いながら電話を受けた。

……震える手から携帯電話が滑り落ちた。足元で鈍い音がした。ひびが入った液晶画面を、インジュは立ち尽くしたままぼうぜんと見つめた。

「もしもし？　インジュさん？　すみません、本当に申し訳ないんですが、他に頼める人がいなくて……救急、救急センターに行ってください！　ヒワンがそこに……、今、仕事で遠くに来ていて、そっちに向かってるんですが、あと二時間はかかりそうで……もしもし、インジュさん？」

どうやってタクシーを拾って病院まで行ったのかは覚えていない。頭の中が真っ白だった。車から降りて病院に駆け込んだ彼女はひたすら祈った。これ以上、どうかこれ以上、大切な人を奪っていかないでと。

一六

ヒワンが意識不明になって一週間になろうとしている。昏睡状態だった。骨にひびが入りはしたが、それ以外は擦り傷程度で大きなけがではないと医師は言った。それでも彼女の意識は戻らない。インジュにはヒワンが、目覚めることを拒否しているかのように見えた。

誰のせいでもないことは頭では分かっている。しかしこうなることを予想していたかのようにヒワンが休学届を出し、バイトも辞め、住まいを片付けていたことを知り、インジュは自分を責めずにはいられなかった。この子は一体これまでどうやって生きてきたのだろう。体は痩せ細り、閉じたまぶたには死の影が浮かんでいる。

インジュは思いつく限りの神様にお願いした。この子を助けてください。どうか、お願いです、この子を助けてください。何でもしますから、どうか……この子の命を助けてください。

奇跡が起こった。事故からちょうど一週間後、ヒワンの意識が戻った。

そして翌日、ラムが静かに息を引き取った。

神様は彼女から一つを取り上げ、一つを与えた。この世に代償のない奇跡などあるわけないとでもいうように。

一七

ラムの葬儀はささやかに行われた。まだ安静が必要なヒワンに気付かれないよう、ひっそりと。いつかは事実を伝えるべきだが、今ではないとインジュは思った。ヒワンはまだ不安定な状態で、いきなり泣き出すことが度々あった。

彼女が一人暮らしをしていた部屋をインジュが見にいくと、荷物は全て整理され、机の上には真っ白な紙があった。それが何かはすぐに分かった。

神様を恨んでいないとは言えない。だからと言って、全く感謝していないわけでもなかった。複雑な気持ちを抱えたまま、インジュはたった一つ分かっていることだけを信じて前に進むことにした。これ以上後悔したくない。

ラム、あなたはどう？　私は、大切なヒワンを、あなたの愛したヒワンを、この先ずっと、守ってあげたいと思う。

一八

ラムの葬儀を終えて三日後、ホギョンは約束の日より少し前に訪れた。いつも通りカフェのテーブルに置かれた封筒を、インジュは相手の方へ押し戻した。

「もういただかなくて結構です。息子は……」

これまで耐えてこられたのはホギョンのおかげだ。養育費という名目の金銭的な支えがあったからこそ、インジュは仕事に時間を取られず息子に付き添うことができた。気持ちの整理がついた頃からは簡単なパートの仕事も始め、少しずつ日常を取り戻すことができたのだ。「義務だから」とホギョンは言ったが、それが好意であることは明らかだった。

日常を大切にした上で、ラムの世話をして、合間に笑って、たまにはしゃいで、自分の体に気を使って、仕事もして。いつだったかラムに言われたように、インジュは自分の人生を生きようと努力した。振り返ると、信じられないほど平穏な日々だった。

「香典よ」

「……ああ」

「聞いたわ。お葬式に行くか迷ったけど、遠慮した方がいいかと思って」

「来てくださってもよかったのに」

ホギョンは首を横に振った。

「そこまでの仲じゃないわよね、私たち」

「そうですね」二人はしばらくお互いを見つめ合った後、小さく笑った。

「残念だわ。息子さんが成長した姿を見たかったのに。きっとすてきな人になると思っていたから」

インジュにはその言葉が、さよならのあいさつのように聞こえた。考えてみれば、二人が会う理由はもうないのだ。

「これまで、ありがとうございました」

「インジュさん、別に感謝する必要も謝る必要もないわ。私はただ、あなたたちを放置した夫の代わりに責任を果たしただけ。夫婦だからね。当然のことをしたまでよ。だけどあなたが感謝するっていうなら、それはそれで悪い気はしないわ」

「それでも私は一生感謝しながら生きていきます。どんな形であれ、このご恩は必ずお返ししたいと思っています」

「じゃあ、すてきな人生を送って。それが恩返しよ」

すてきな人生。彼女の言うすてきな人生とはなんだろう。ひょっとして幸せのことだろうか。

「またね」

ホギョンはこれまでと同じあいさつを残して去っていった。

しかしその後、二人が再会することはなかった。

一九

退院したヒワンの面倒を見たいという理由で、インジュはヒワン父娘《おやこ》の家に滞在することにした。イルボムは、かつて彼女から別れを告げられた際にその意思を尊重したように、今回も黙って彼女を受け入れた。

（でも、そろそろ、何かしらのアクションがあってもよくない？）

同居を始めてひと月ほどたつと、インジュの悩みはますます大きくなった。

ヒワンは次第に落ち着いてきている。ラムの死にまつわる事実をそろそろ知らせてもいい頃だろう。それができれば、二人の間に残るわだかまりもある程度は解消できるはずだ。

もちろん、心の内を全て明かして悲しみを克服するには、もう少し時間がかかるだろうけれど。

私たちは平凡な日常を一生懸命生きている。しばらくはぎくしゃくしても、すぐに以前の関係に戻れるはずだ。お互いに対する思いは、常に同じ場所で輝く北極星《ポラリス》のように、変わることがないのだから。

そろそろ行動に移す時だと思った。何度も話し合った挙げ句、始めることさえできずに終わってしまったイルボムとの未来。ラムには再婚しろと言われた。イルボムには再婚でも、インジュにとっては初めての結婚だ。いい年をして、と人には言われるかもしれないけれど、白いウエディングドレス姿でブーケを手に、パイプオルガンの調べに合わせて、チャペルの入り口から祭壇までを歩いてみたかった。

そして何より、ヒワンに祝福してほしかった。あの子が笑顔で祝ってくれたなら。インジュはヒワンに受け入れてもらいたいと心から願った。もう一度家族になりたい。自分たちだけではなく、世間にも、法的にも認めてもらえるような、家族の形が欲しかった。

二〇

向こうから、会社帰りのイルボムが歩いてくるのが見えた。キャンディーをいっぱい詰め込んでいた、あの古いかばんを持って。あれから長い歳月が流れた。いつしか彼の顔にもたくさんしわが増えたけれど、こざっぱりした身なりは以前と変わらない。

インジュはゆっくりと彼に向かって歩きだした。近づいてきた彼女にイルボムが気付いたのは、かつて彼女が毎晩働いていたコンビニの前だった。

「私と結婚しません？」

インジュが笑顔でそう言うと、イルボムは目を丸くしてかばんを落とした。

「そんなに驚いたら心臓に悪いですよ。年のことを考えなきゃ」

「……驚かせたのはあなたですよ……」

「そうですね。でもそこまで驚かなくても」

「……本気ですか？」

「冗談です」

イルボムは呆気に取られた。インジュはかばんを拾って、ぽんぽんとはたいてから彼に渡した。

「冗談というのは冗談です」

「次からは、こんな冗談は前もって……え？」

「さ、早く帰って夕飯にしましょう」

いつも真顔のイルボムが動揺した表情をしている。インジュはくるっと背を向けて軽やかに歩きだした。正気に戻れば追いかけてくるだろう、改めて彼がかわいく見えた。そうだ、私は彼のああいう姿にほれていたんだ。真っすぐで律儀なところ。ねじが緩んだように抜けてるところがあるかと思えば、変に頑固なところ。

でもどうしたことだろう。追いかけてくる足音が聞こえない。インジュは後ろを振り返った。誰もいない。

(あれ、どこに行ったのかしら?)

答えはすぐに分かった。どこで買ったのか、一輪のバラを手にしたイルボムが慌てて走ってきた。分かりやすい人だ。イルボムは息を整えてから言った。

「……私と結婚してくれませんか?」

インジュは笑顔でバラの花を受け取った。

それからひと月ほどたった頃、彼らはようやく家族になった。

ハン・ホギョン

○

ずっと飾りとして生きてきた。

結婚前は実家の、結婚後は婚家の。特に不満を感じたことはない。そういう星の下に生まれた以上、享受しているものと同等の義務や責任を果たすべきだと信じていた。

夫の女に会って話をつけてこいと「お願い」された時も冷静だったし、スケジュールを調整しなければとしか思わなかった。ホギョンが家のお飾りであるのと同様に、夫も彼女の人生においては、自宅の調度品やバッグに付けるアクセサリーのようなものと変わりなかった。別のものに変えたところで、人生に大きな変化はもたらさない。今の自分にとって最もきらびやかで高価なもの。夫を放っておいたのはそうした理由からだ。アクセサリーがよそのバッグと遊び歩こうが一ミリも関心はなかった。世の中は義務と責任で成り立っている。そこに意味なんてない。

だから、いつまでたっても連絡が取れないことが意外だった。

「逃げたですって？」

「現在追跡中です。分かり次第ご報告いたします。長くはかからないと思います」

秘書が堅い口調で報告した。有能な男だ。キム・インジュ親子はすぐに見つかるだろう。平凡な女が逃亡したところで知れている。捜し出すのはたやすい。

「面白いわね」

ホギョンはうっすらと笑みを浮かべた。産むことが分かった時に予想はしていた。世間ではそれを愛だと呼ぶらしい。お金を受け取らなかったのも想定内だ。自尊心を守るためだろう。

しかし数年後に、その両方を選んで姿を消したことが分かった時、彼女はキム・インジュという女になんとなく興味を持ちはじめた。

一

「見つかりました」

秘書は一週間足らずでキム・インジュ親子の居場所を見つけ出した。報告を受けた彼女は、思ったより時間がかかったとしか思わなかった。

「この後どうしましょうか？」

「とりあえず誰にも言わないで。状況を確認するわ」

情けをかけてやるつもりはなかった。どうすれば自分に最も有利なカードになるだろう。

ハン・ホギョンの人生は常に徹底的な計算の上で成り立ってきた。インジュの件もそのうちの一つでしかない。

それにしても面白そうな女だ。

「行き先を全て把握して、定期的に報告しなさい」

「かしこまりました」

ホギョンは、今後の展開を計算しながら、静かに指でデスクをたたいた。子どもが要る。気乗りはしないが、この国ではどの家も「後継ぎ息子」に執着する。その点で、キム・インジュの息子はいまひとつだ。自分に懐いてくれて、対外的にも後継者として認めてもらえるような子どもがホギョンには必要だった。家柄にふさわしい品格を持ち、なおかつホギョンにとって有利に働く存在。実母が別にいるとリスクが生じる。これまで母親の元で育ってきた子なら、すでに母子の情が湧いているだろう。

インジュ親子がいなくなったという知らせを聞いた時、ホギョンはむしろありがたいとさえ思った。義両親の代わりにインジュと会って、子どもを渡してくれと「お願い」までしたのだ。彼らの行方を捜すのに多少時間がかかっても、責められることはないだろう。

義実家の人々は、ハン・ホギョンを甘く見ていた。無能な長男に代わり経営全般を肩代わりしながら、わがままも言わず、暇さえあれば新しい女をつくる夫に対して一度も声を荒らげない嫁。世間の人たちは彼女を完璧な妻だと称した。

とはいえ、ゲームは最後まで分からないものだ。勝負がいつひっくり返るのかを知る人はいない。ハン・ホギョンの世界はずっとモノクロだった。人生は無意味なことの連続で、空虚なものでしかなかった。しかし、だからといって上に上り詰めてはいけないということはないだろう。

「女の子は役に立たない」

昔どこかで聞いた言葉を思い出しながら、彼女は結論を下した。あの親子を放っておいてやることに。もっと使えそうな新しいカードを探さなければ。その結論には、インジュに対する興味もわずかに含まれてはいた。

（さて、私が相手だと知っておきながら金まで持って姿をくらましたからには、さぞかし良い暮らしをしているのでしょうね。お手並み拝見といきましょうか）

二

数年後、ホギョンがインジュと再会したのは、とある大学病院の中だった。憔悴《しょうすい》した顔で病室のドアを開けたインジュは、ホギョンを見るなり気絶せんばかりに驚き、その場に座り込んだ。

「久しぶりね」

「……ど、どうして……」

「ちょっと話さない？」

インジュは黙ってついてきた。勧められた椅子に腰かけた彼女は、さっきの驚きようがうそのように生気のない顔に戻った。つらいのだろう。ホギョンは彼女をふびんに思った。まるでB級ドラマに出てくるような不幸ではないか。無責任な男にだまされて未婚の母となり、愛したわが子は事故で植物状態になるなんて。

――産みたいと思っています。

そうだ、確かに産むこと自体はインジュの選択だった。それを、本人が言うならまだしも、自分が不幸だと決めつけるのは出過ぎたことかもしれない。ホギョンは、キム・インジュの選択をあれこれいう資格など自分にはないと思い直した。

「うちで育ててはいないけど、あの子はあの人の息子よ。父親が養育費を払うのは当然のことよ」

「……え？」

「毎月一三日にここで会うってことでいいわね。これからは毎月払うから」

だからこれは、責任であり義務でもあった。

どちらもホギョンの好きな言葉だ。これまでインジュとの再会について考える余裕がなかった彼女が、このタイミングで行動したきっかけは、ユ・ソルハの存在だった。

三

子どもに罪はない。

　ホギョンが、自分の元にやってきたソルハを愛そうと決めたのは、半分はそんな理由からだった。残りの半分は、おそらくその子の存在が、彼女にとって有利なカードになると確信したからだ。

　突然息子ができた後も、夫は依然として遊び歩き、子どもにはほとんど関心を見せなかった。自分の血を引いた子ができれば少しは変わるのでは、そう期待していた婚家の人たちは失望を隠さなかった。元々無駄な期待だ。母性や父性は、単純に血のつながりという事実だけで自然に湧き出るものではない。絶え間なく向き合い、同じ時間を共有する中で次第に育つものだ。それでもうまくいかない場合がある。例えばハン・ホギョンの両親のように。

　ホギョンはソルハのためにベストを尽くした。最初は自分の目的のためだったが、意外にも、一緒に過ごす時間が次第に楽しくなっていったのだ。

「ママ！　おかえりなさい！」

「ただいま。アイスクリーム食べた？」

「うん！　秘書のユンさんが買ってくれたよ」

「ママとの約束、覚えてるよね？」

「うん、アイスクリームは一日一個だけ。今日はもう食べないよ」

自らの野望をかなえるためにスタートさせた関係ではあったが、愛した分だけ、子どもも愛してくれる。いつからか、自然とソルハをいとしいと思うようになった。息子には彼女と似たところが一つもない。感情が豊かで誰にでも優しく、人懐っこいためかみんなに愛される。かわいがらないのは彼女の夫だけだ。

ハン・ホギョンは定期的にキム・インジュに関する報告を受けていたが、詳しく知ろうとはしなかった。どこで暮らし、どんな仕事をしているのかを聞き、彼女の息子の成長を知れれば十分だった。

ある時ふと、インジュの息子に会ってみようと思いついた。ソルハが小学校に入学する頃だ。ホギョンは、インジュの息子が高校生になったという報告を思い出した。どんな青年になったのだろう。ソルハは夫に似て、笑うと目尻が下がってえくぼができる。しかし、笑うと情けなく見える夫とは違って、ソルハの笑顔は本当に愛らしい。


ついに出会ったインジュの息子は、母親とうり二つだった。

——これまで楽しく生きてきたし、これからも楽しく生きていく予定です。

——やっぱり面白いわね。

母親も母親なら、息子も息子だ。面白い人たちだった。ホギョンは自分が好きな言葉を思い出した。責任と義務。これまでは考える余裕がなくて放置していたが、思い出した限りは今からでも対処せねばと考えた。

まずは久しぶりにインジュに会ってみよう。

そう考えて予定を入れた矢先に秘書から報告を受けた。インジュの息子が、交通事故に遭ったというニュースだった。

四

「今日は花を買ったんです」

月に一度ホギョンが訪ねるたびに、キム・インジュはカフェで向かいに座り、淡々と自分のことを話した。平凡なことばかりだ。今日は髪を切りました。よく似合ってるわ。今日は植物園に行ってきました。よかったわね。今日は久しぶりに友達に会ったんですよ。楽しそうね。今日は……。

「何かお礼をしたいと思っているのですが、何も思いつかなくて……」

そう言いながらインジュが差し出したのは、色とりどりのガーベラで作った花束だった。ガーベラの他にも、知らない花が混ざっている。花に興味がなかったホギョンには、全ての花の名前は分からなかったが、それでも奇麗にまとめた花束はすてきに映った。

「ありがとう。飾らせてもらうわ」

面白いと思った。花束をプレゼントされたことがないわけではない。これまで数え切れないくらいもらった。そんな自分が、夫の昔の女から花束をプレゼントされるなんて。こんな経験をする人はめったにいないはずだ。ちょっと変わった二人の関係を、ホギョンは悪くないと感じていた。

「それでも私は一生感謝しながら生きていきます。どんな形であれ、このご恩は必ずお返ししたいと思っています」

「じゃあ、すてきな人生を送って。それが恩返しよ」

これで最後だと思うと、心から残念だった。

「またね」

ホギョンはキム・インジュが「すてきな人生」を送ることを心から願った。その日以降、彼らの人生が交わることは一度もなかった。それでも時折、あの花束を思い浮かべながら当時を振り返ることがある。

思えば穏やかな時間だった。だが、ハン・ホギョンの人生において平穏さなどほとんど無価値だ。おそらくはこの記憶もすぐに薄れるだろう。それでも、「会長　ハン・ホギョン」という文字が刻まれたデスクのネームプレートを手に入れた日、彼女が最初にしたことは、その横に色とりどりのガーベラで作った花束を飾ることだった。ここまできた自分に賛辞を送るかのように。

「キム・インジュさん、元気にしてるかしら？」

ハン・ホギョンが元気に過ごしていることは、キム・インジュもいずれニュースで知ることになるだろう。

ふと、いつかの会話を思い出した。

——向こうの家の人たちは相変らずひどいんですね。どうして我慢してるんですか？

——……さあ。

——ごめんなさい。出過ぎたこと言ってしまって。

——別に、構わないわ。あえて知らせるようなことでもないけれど、一応言っておくわ。私にも目的はあるの。そのためには、おとなしいふりをする必要もあるのよ。

胸に秘めてきた目的を達成した日だった。ハン・ホギョンはガーベラの前で、自分のために祝杯を上げた。

向かい合って座っていた人を思いながら、たった一人で。

コ・ヨンヒョン

○

時として死神は、愛する人の姿で現れるという。彼女の死神も、愛する人の姿を借りて現れた。

八歳、母親が死んだ。

九歳、母親が戻ってきた。

一

ヨンヒョンの母親は巫女《ムーダン》（訳注・朝鮮半島に古くから伝わる土着信仰の儀式を行う祈祷師で、霊的な存在と通じることができると言われる）になる星の下に生まれたが、そんな人生を望まなかった。二〇歳のある日、突然神病（訳注・巫女になる運命にある者に対して、精霊の召命のお告げとして現れる心身の不調。発熱や幻聴、精神異常などを伴い、神の要請に従うことで解消すると信じられている）で寝込んだ時には死にたいとさえ思った。

母親の姿をした死神がそう語った。

巫女の人生と、神病に苦しむ人生の、どちらも選べずに苦しんでいた彼女は、苦悩した末に、運命を受け入れはするが巫女の仕事につかない道を選んだ。この折衷案を彼女に教えてくれた老齢の巫女は警告した。その代わり、決して結婚するな。お前の神は嫉妬深くて独占欲が強いから、結婚したとて必ず破局を迎えるだろうと。

彼女はその言葉を心に刻んだ。しかし恋とは不意に訪れるものだ。突然やってきて、勝手に根を下ろしてしまう。あの警告を忘れたわけではない。しかし芽生えてしまった恋心を無視することはできなかった。

母の姿をした死神は、まだ幼いヨンヒョンを座らせ、自身のことを話した。理解できないことも含めて、ヨンヒョンは一つ残らず記憶に留めようとした。いつか大人になったら、母の話を全て分かる日がくると信じた。

両親の絆は強かった。母はヨンヒョンの髪を優しくなでながら、こう言った。

「お前は、私たちの愛から生まれた子よ」

ヨンヒョンが生まれる直前、父は突然の事故で息をひき取った。地下鉄のホームで線路に落ちた人を助けたが、自分は逃げ切れなかったのだ。ショックで倒れた母親はすぐに病院へ運ばれ、そのままヨンヒョンを産んだ。陣痛のさなか、彼女は昔の警告を思い出した。

事故は偶然だったのかもしれない。あくまでも事故だったと見なすのが理性的な判断だろう。けれど、いつかその偶然が娘の命まで奪ってしまうのでは。悪い予感に襲われた母親は、わが子を守る方法を懸命に模索した。そのためなら自分の命を差し出しても構わないと彼女は思った。そしてヨンヒョンが八歳になった年、彼女はとうとうその方法を見つけ出した。それが何だったのか母は最後まで言わなかった。しかし九歳のヨンヒョンが知らなかったことを、二三歳のヨンヒョンは知ってしまう。母親はありふれた交通事故で亡くなったが、その因果は全て、ヨンヒョンに向けられていた。

二

話し終えた母は、優しくほほ笑みながら言った。

「ヨンヒョン」

「うん」

「お母さんの名前、知ってるよね？」

「うん」

「呼んでくれる？　三回」

幼いヨンヒョンは、久しぶりに会えたことがうれしくて、言われるがまま母親の名前を口にした。三回。

「お母さん？」

名前を呼んだだけなのに、母の、いや、母親の姿をした死神のシルエットが次第にぼやけていく。

「しっかりと生きていくのよ」

「お母さん……どこ行くの？」

「おばあちゃんの言うことをよく聞いてね。ヨンヒョン、お母さんは幸せよ。今とっても幸せよ」

それでおしまいだった。目の前で母親が消えたことが信じられず何度も目をこすると、病院のベッドの上だった。祖母が枕元で居眠りをしている。

ヨンヒョンの様子を見にきた看護師が、持っていたカルテを落として声を上げた。

「先生！　患者の意識が戻りました！」

三

大人になったコ・ヨンヒョンはしばしば考えた。ねえ、お母さん。自分だけ幸せならそれでいいの？　お母さんの選択によって、今の私が幸せなのか、これから幸せになれそうなのかってことも、ちゃんと確認してくれなきゃ。

もちろん、現在のヨンヒョンが不幸を感じているわけではない。だからといって幸せというわけでもなかった。それなりの毎日だ。幸せの重さと不幸の重さを天秤にかければ、ちょうどバランスが取れる程度の、平凡な日々を過ごしていた。

四

死ぬはずの運命から逃れたせいか、ヨンヒョンはしばしば、この世のものではない存在を目にすることがあった。例えば死んだ者、あの世から死者を迎えにくる死神、そして生霊などだ。死者と生者は別々のチャンネルに存在するため、交わることはない。ヨンヒョンには彼らが見えても、彼らにヨンヒョンの姿は見えないらしい。死者のほとんどは、迷子になって途方にくれた人のようにぼんやりどこかを見つめるだけで、ヨンヒョンとは目が合うこともコミュニケーションを取ることもない。だから彼らを怖いと思ったことはなかった。

恐ろしいのは生霊と死神だ。生と死の境に漂う彼らは、時々ヨンヒョンを見つけて声をかけた。

「お前、名簿を書き換えたな」

ある日、偶然出会った死神がそう話しかけてきた。

(ちょっ、もう、びびらせないでよ)

彼女は口元を押さえて低くつぶやいた。

「おじさん、話しかけないでください。公共交通機関の中ですよ」

「……」

死神は、こんな人間もいるのか、といった表情でしばらくヨンヒョンを眺めては、すぐに消えていった。彼女はホッと息をついた。迷惑だからやめてほしいと常々思っている。虚空に向かってしゃべっているところを他人に見られたくない。考えただけでもゾッとする。普通から少しでもはみ出ると排除される世の中だ。彼女はとにかく、目立たず平凡に暮らしたいと思っていた。

五

彼らの姿が見えるなら、お母さんの姿をした死神にも会えるのではないかと期待したこともあったが、残念ながらそれはかなわなかった。それもそうだ。いつでも会えるなら、母は別れのあいさつなんてしなかっただろう。ヨンヒョンは母への未練を捨て、たくましく生きてきた。自分の持っている不思議な能力を隠しながら。

「おっと、珍しいやつだな。おい、お前、名簿を書き換えただろ？」

おせっかいな死神が多過ぎると感じた彼女は、いつしか身に付けた腹話術で返事をした。

「話しかけないでください。人間の暮らしを尊重しましょう」

ヨンヒョンは思った。怖いんだってば、マジで。

六

チョン・ヒワンとは一度も話したことはなかったが、印象には残っていた。理由は単純で、化粧っ気がまるでないのに、ほれぼれするほど整った顔立ちだったからだ。ただその美しい顔には、いつも冷たい陰りがあった。そのせいか周りの人たちは本能的に彼女を避けた。人を寄せ付けない性格のせいもあるかもしれないが、新入生とくればとりあえずチェックを欠かさない先輩男子たちさえさりげなく避けるのを見ると、彼女の周囲に漂う暗い気配をなんとなくみんな感じていたのだろう。

事故の知らせを聞いた時も、ヨンヒョンはそう驚かなかった。いつか起こると思っていたからだ。

(気の毒だけどこればかりはどうしようもない。それがあの子の人生だもの)

しかし、一体どういうことだろう。意識不明だと聞いていた彼女が、目の前を歩いている。それも、死神と一緒に。

「あ、あの……」

ヨンヒョンは驚きのあまり、つい声をかけてしまった。あっ、と慌てて口元を押さえた時にはもう手遅れだった。二人が同時に振り向いた。ヨンヒョンに気付いた死神が、彼女に向かって合図をするようにまばたきし、人さし指を唇に当てた。何も言うなという意味だろうか。彼が死神ってことを？　それともヒワンが生霊だってことを？

「チョン・ヒワン……？　あの、視覚デザイン科のチョン・ヒワン……だよね？」

慌てたはずみで、死神や霊には絶対に話しかけないという自分のルールをうっかり破ってしまった。

「……そうだけど」

以前見かけた時と変わらず、ヒワンは色白で美しい。素っ気ない顔でヨンヒョンを見上げた彼女だったが、その返事からして相手が誰か分からないようだ。それもそうだろう、ヒワンはいつも一人の世界に閉じこもっていて、周囲の人間には関心がなかったからだ。もうすぐ死ぬことになっている子だから、それも不思議ではなかった。

「あ、こいつの知り合いですか？　友達？」

死神がにやりとしながら会話に割り込んだ。ヒワンの視線が彼の方に向けられた。

そのまなざしを見てヨンヒョンは、この死神がヒワンにとってたった一人の大切な人だったことに気付いた。

「同期ですけど、友達では……」

「じゃあ、友達候補ってことでいいか。あ、僕はヒワンの兄です」

「あ、はじめまして。コ・ヨンヒョンです。チョン・ヒワン……、の同期です」

死神がヒワンの背中をつついて何かささやいている。彼の気遣いをくみ取って、ヨンヒョンはヒワンに手を差し出した。

「友達、なろうか、今から。よろしく」

「……よろしく」

ヒワンが握手に応じたのは意外だった。無視されるかと思ったのに。死神がため息をつきながらヒワンに目配せをした。優しそうな死神の様子を見て、ヒワンに言ってあげたかった。あなたは愛されているんだね。

しばらくためらっていたヒワンが口元の筋肉をわずかに動かすと、何とも言えない滑稽な表情が完成した。ヨンヒョンはヒワンのこわばった顔を見てあぜんとした。

(何これ、まさか……笑ってるつもり?)

つい大きな息が漏れてしまった。

七

ぎこちないやりとりをかろうじて終え、ヨンヒョンは踵《きびす》を返した。さっさとこの場から離れよう。たまたま周囲は無人だったから助かったが、もし誰かに見られたら何を言われるか分からない。あれほど元気な死神と生霊なら、霊感の強い人には見えるかもしれないが、それでも用心するに越したことはない。そう思って足を速めた。しかし彼女との会話はそこで終わらなかった。

「ねえ！　ちょっと待って、一つだけ教えて！」

（もう、まだなんかあるの！）

「あの人、見えるの？」

（これ以上、あんたと関わりたくないのに！）

そう思っていたのに、つい「え？」と返事をしてしまった。

「さっきの人、本当に見えてるの？」

自分の服をぎゅっとつかんで真剣に聞くヒワンが、あまりにも切実そうに見えたせいで、ヨンヒョンは困り果てた。何と答えるべきだろう。自分の目には見えるけれど、他の人には多分見えないだろうって？

「見えるよ」

悩んだ末に、後半は言わず前半だけ言うと、ヒワンは困惑顔になった。

「……ありがとう」

あの死神は、あなたにとってどれだけ大きな意味を持っているの。

あのさ、大人になって分かったことなんだけど、その人がいなければ、世界が今にも壊れそうだと思うでしょ。でも必ずしもそうじゃないんだよ。その後も人は生きていくの。人生が続く限り。

心の中では言葉があふれているのに、どうしても言い出すことができなかった。彼女はヒワンの手をそっと握ってから、優しく離した。

「頑張って」

あなたが生き延びてくれますように。写真を現像したらお見舞いに行こうかな。いや、必ず行こう。

数日後、ヒワンの意識が戻ったという知らせを聞いたヨンヒョンは、現像した写真を持って病院へ向かった。いい友達になれそうな予感がした。

キム・ラム

○

いつも一人で公園のベンチに座っている女の子。他の子たちが遊んでいるのを、黙って見ているおとなしい子。

切れ長の目ときりっとした口元が、まだ幼い俺の目にも美しく映った。

「どうしてひとりぼっちなの？」

思い切って話しかけると

「知らない」

と答えた。声までかわいらしくて、俺はすっかり気に入ってしまった。

ある日その子は、俺の母親がみんなに一個ずつ配ったチョコパンを地面に落としてしまった。俺は悩んだ。なぜなら当時の俺は、世界で一番チョコパンが好きだったからだ。惜しいけれど仕方がない。俺は自分のパンを半分ちぎってその子に分けてあげた。彼女の気を引きたい気持ちが、チョコパンに対する愛に勝ってしまった瞬間だ。

その子は、俺の渡したパンをしばらく見つめていたかと思うと、それをまた半分にちぎって俺に返してくれた。びっくりだ。感動してしまった。その日、夜寝る前に母親の前で勝手に宣言したほどだ。

「母さん」

「なあに？」

「ぼく、大きくなったらチョコパンを分けてくれる女の子と結婚するから」

「はあ？」

正確には、俺に大きい方のチョコパンを分けてくれる女の子と結婚すると言いたかったわけだが、当時の俺の語彙力ではそれが限界だった。よほどおかしかったのか、母が大声で笑った。

今思い返しても確かに笑えるな。チョコパン一つでほれてしまうとは我ながらあきれる。俺はキム・ラム、チョコパンに魂を売ったほれっぽい男。

一

ヒワンが俺にチョコパンを分けてくれたのは、思いやりなどではなく、単に食べたくなかったからだ。俺はそれをずいぶん後になってから知った。あいつは食が細くて、いつも鳥のエサかと思うほどの量しか食べない。それなのになぜ動けるのか不思議だ。

とにかく、事実を知った時にはもう手遅れだった。俺はほれっぽい上に諦めが悪い。一度奪われた心は、そう簡単には元に戻らないのだ。自分でも救いようがないと思う。

あれからずっと一緒だった。顔を見ない日は一日もなかった。もうそろそろ飽きてもいい頃だ、毎朝そう考えてはみるが、俺の目が異常なのだろうか。あいつは何をしていてもきれいなんだ。愉快なやつってわけではない。口数も少ないし、愛想もないし、強情で気難しい。何事も複雑に考え過ぎるタイプ。だから、いい加減あいつのことは諦めるべきだった。さっさと忘れるのがよかったんだ。

二

俺のために苦労続きだった母さんには、そろそろ幸せになってほしい。偶然が生んだ縁とはいえ、隣同士で一緒に過ごすうちに、親たちの雰囲気を察してピンときた。あー、隣のおじさんが俺の父さんになるんだな。

でもいやではなかった。誰かさんと同じで無愛想だけどいい人だ。たまにおっちょこちょいな面もあるけれど、きっと母さんを幸せにしてくれるだろう。

だから、俺は大丈夫だと思った。まだ……、まだそこまで好きなわけじゃない。今なら間に合う。あいつへの気持ちを抑えられる。さあ、思い込むんだ。あいつは妹だと思い込め。ちょっと怖い性格ではあるけれど、かわいい妹。妹、妹、妹……。

「おい、ヒワン」

「なによ」

「お兄ちゃんって呼んでみろ」

「……変な薬でも飲んだ？」

「ちょっ、お前、兄に向かってその口の利き方はなんだ。もっとかわいく返事しろよ」

「おっかしいんじゃない」

「おい！　どこ行くんだよ！　お兄ちゃんって呼んでみろって！　俺の方が学年は上なんだからお兄ちゃんだって言ってんだよ！」

そもそも無理なことだった。お兄ちゃんと呼んでくれさえすれば諦められると思ったが、頼んだところであいつが言うことを聞くわけはないし、俺だってその程度で諦められるなら最初からさっさとそうしたはずだ。

「おい、俺たちはもう子どもじゃないだろ。あの二人、一緒になりたいはずなのに、俺とお前に理解してもらえるまでずっと待ってたんだよ。それくらい分かってやれよ」

「冗談じゃない！　私はあんたと兄妹なんかになりたくない！」

本当は俺だってそうだ。でも。

ヒワン。ヒワン。しょうがないだろ。お前と俺は出会うのが早過ぎたか、そうでなければ遅過ぎたんだ。

「おい、どこ行くんだ！　待てよ！　危ないから走るなって！」

どうやら場所の選択をミスったようだ。今日一日思いきり遊んで、気持ちの整理をするつもりだったのに、この話をここで始めたのは良くなかった。

「おい！　チョン・ヒワン！　おい！　待て！　おい！」

ああ、なんてことだ。走って逃げるお前に向かって、一台の車が猛スピードで近づいてくるのが見えた。俺は後先も考えず走りだして、お前の体を突きのけた。


「……ナム、ねえ……」

「……」

「……ナム、ねえ、ナム！　キム・ナム！」

ナムじゃないって言っただろ。ラムだって、ラム。いつになったら俺の名前をまともに発音するんだよ、このバカ。お前がけがをしなくてよかった。ああ、こんなふうに死ぬと分かっていたら、正直に言っておけばよかった。

おい、知ってるか？　実は俺、お前が好きなんだ。それも、すっごく。

三

目覚めてみると病院にいた。患者衣みたいなものを着せられた俺がベッドに横たわっていて、もう一人の俺がそれを見下ろしていた。おお、俺、これ知ってる。

「幽体離脱」

声に出して言ってみたが、ベッドのそばにいる母さんは反応しなかった。顔色が悪いな。一体どうしたんですか、キム・インジュさん。ん？　なんか匂うぞ。あー、母さん、息子がこんなことになってつらいのは分かるけど、シャワーくらい浴びなよ。新しいお父さんが驚いて逃げちゃうよ。

……ごめん、母さん。どうやら俺は植物状態になったらしいな。とんでもない親不孝者だ。

「本当にごめん」

でも、俺自身がそれでも構わないと思っているのが余計に申し訳なかった。ヒワンは無事なんだろ？　ね？　聞きたくても、おそらく会話はできないのだろう。

「母さん、ごめんね。ほんとに」

俺は大丈夫だから、それ以上悲しまないでと伝えたい。魂が抜けた人みたいに、うつろな目をしないで。俺が死んでも、母さんには母さんの人生があるよって。あ、こんなこと言ったら怒るか。でも、母さん。それが現実なんだ。

俺は母さんの背中を抱き締めようとしたが、どうやっても母さんにさわれないことに気付いて落ち込んだ。そうか、俺、生霊だった。

「元気出してよ、キム・インジュさん。俺は大丈夫。母さんもすぐ元気になるよ」

俺の言葉は返事をもらえないまま、病室の中を虚しく漂った。

四

午後になると、おじさん、いや、新しい父さんがやってきたので、ずっと気になっていたことを確認できた。

「……ヒワンの具合は？」

「眠ったのを確かめてから来ました」

「ごめんなさい……また後にしてもらえますか？　今は誰とも話したくありません」

よかった。お前は無事なんだな。うちの母さんみたいに、お前も体だけは元気だもんな。それだけで十分だ。どうか二人とも苦しまないでくれ。そう言いたくても、伝える方法がない。あれこれ考えた末に、ポルターガイストとかいう現象でも起こしてみようかと頑張ってみたが、どうやら俺には才能がなさそうだ。いくら気合いを入れても、点滴のチューブ一本動かせなかった。くっそー、うまくいかねぇ。

五

ある女性が訪ねてきた後から、母さんは少しずつ落ち着きを取り戻していった。詳しい事情はよく分からないが、その人が誰なのかは知っている。俺の生物学的父親の法律上の妻。

幼い頃、確かヒワンに出会うより前に見かけた記憶がかすかに残っている。なぜいまだに覚えているかというと、事故に遭う少し前、彼女が俺に会いにきたからだ。

どなたですかと聞く俺に、一度ぐらいは君と向き合って話してみたかったとその人は返事をした。見覚えのある人だと思った。どこかで会ったような気がして記憶をさかのぼると、おぼろげな思い出の中に彼女の姿がある。美しい姿勢と涙ぼくろも。

「もしかして、僕の実の母親とかではないですよね？」

「だったら面白いわね。残念だけど違うわ」

「あー、よかった。いきなり韓ドラみたいな泥沼展開になるかと思ってびりました」

彼女は俺の顔を不思議そうに眺めた。

「お母さんに似てるのね」

「息子なので当たり前です」

そこまで不思議に思うようなことかよ。

「あの人に全然似てないわ」

あの人を知らない俺には、それが褒めているのかけなしているのか判断がつかなかった。

とにかく、彼女の用件は、今からでも親としての責任を果たしたいので、金銭的援助が必要なら言ってくれということだった。責任だの義務だの言われても、俺にはよく分からない。はっきり分かっているのは、この問題は俺が決めることじゃないってことだけだ。

「そうした問題は親権者と話し合っていただくことではないでしょうか」

「親権者って、あなたのお母さんのこと?」

「僕は未成年だし、法律のことはよく分かりませんから」

「今日はただあなたに会ってみたくて来たの。大きくなった姿も見たかったたし、これまでのことも知りたかったたし、これからどうするのかも気になって」

「はい、これまで楽しく生きてきましたし、これからも楽しく生きていく予定です」

クールな瞳がゆったりとまばたいた。彼女は澄んだ声で笑った。

「やっぱり面白い子ね。応援するわ。元気でね」

短い時間だったが強く印象に残った。そして彼女に魔法をかけられたように、母さんは少しずつ元気になった。外から見える限りは。やはりこの世で最高の魔法使いはお金だというのは間違いなさそうだ。

再び日常生活を取り戻しはじめた母さんは、一日のうち、数時間を俺のそばで過ごし、それ以外の時間は付き添いの人に任せて病院の外に出るようになった。

俺は退屈過ぎて病院の外に出てみたかった。しかし、完全に死んだわけではないからか、病室を離れて遠くまでは行くことができない。ヒワンに会いたい。母さんが元気になってゆく中で、心配なのはヒワンのことだけだった。

どうしてんだ? ちゃんと飯は食ってるか?

六

あれから長い時が流れた。俺は相変わらず退屈と戦っている。なんて説明すればいいのか分からないが、とにかく病院の中の霊的世界についてはおおむね把握した。誰かの死期が近づくと死神が現れ、その人の名前を三回呼ぶ。するとその瞬間、病院の中は大騒ぎになる。あちらこちらへ逃げ回る霊、頭だけどこかへ突っ込んで隠れているつもりの霊、それをぼうっと眺めている俺みたいな生霊。まあほとんどのやつらは、死神に髪の毛をひっつかまれて連れていかれるのがオチだ。

その場を逃げ切ったところで、運命通り死ぬ時は死ぬ。成仏したくない魂たちは地縛霊のようになって病院の中をあてどもなくさまようが、結局は死神に見つかってあの世にしょっ引かれるのだ。

まったく。最初からおとなしくついていってれば、縛られたり引きずられたりしなくて済んだのに。いやそんなことより、一つだいじなことを言ってやりたい。これは人権侵害だ！　あの世には人権もないのか！　連れていく前にミランダ警告がないなんて！

そんなことを考えていると、通りがかった死神が俺に気付いてこっちを見た。

「お前、まだ命が残ってるな」

かなり若そうな男だ。韓国人が思い浮かべる死神のイメージってのは、時代劇なんかでよく見るように、黒い笠子帽《カツ》に、黒い道袍《トポ》と呼ばれる礼服を身に付け、紙のように青白い顔をしているものだ。しかしその男は、どこから見ても生きている人間のように活気あふれる顔をしていて、おまけにスーツ姿だった。それも真っ赤な。まるでコチュジャンのようではないか。その上ネクタイは黄色で星柄だ。顔はと言うと、これがまた芸能人顔負けのイケメンで、派手な服装でも違和感がない。何から何まで驚異的な姿をしていた。ファッションは顔で完成するというのは、やはり真理なのだと認めざるを得ない。

とにかく、そんな格好をして毎回死者の霊を引きずっていくわけだから、いつ見てもギョッとした。俺が持っていた古き良き死神のイメージを返してほしい。

「ふむ。まあ、いいか、そのうちまた会うだろう。それまで元気でいろよ」

死神はしばらく俺の顔をまじまじと見つめてから、ふっと消えてしまった。そりゃあ、当然また会うだろうよ。死ぬ時に。それがいつかは分からないが。

七

ある日病院の中で、俺と同じような生霊を見つけた。中学生くらいだろうか。まだ幼さの残る女の子だ。前途洋々なはずの若い子が死にかけていると思うと実に残念だ。

彼女の体は脳死状態だった。両腕と両脚が全て折れている。本人によると、屋上から飛び降りたらしい。

「どうして……そんなことを？」

そうは聞いてみたが、本当は気がすすまなかった。ただ、彼女がなんとなく聞いてほしそうなオーラを醸し出しているのが伝わってきたので仕方なく。気持ちは分かる。俺だって話が通じる相手がいるならば、誰でもいいから捕まえておしゃべりしたい。だが残念ながら生霊とはめったに出会わないし、死んでからずいぶんたっている霊たちにはあまり話が通じない。例の死神はめちゃくちゃ忙しそうで、いつも霊魂を連れてはさっと消えてしまい、ゆっくり会話できるような時間もない。

うつむいていた女の子が、ゆっくりと顔を上げた。表情が暗過ぎてぎくりとした。すでに幽霊になってしまったかと錯覚したほどだ。

「私ね、透明人間なんです」

うん、そうさ。俺たちは二人とも透明人間だ。誰にも見えない。しかし当然ながら、彼女のいう透明人間はそういう意味ではなかった。

「仲間外れにされてました。よくある話ですよね。いじめられたってわけじゃなくて。あの、そんな憐れむような目で見ないでください」

「あ、うん……ごめん」

「仲間外れって聞くと、みんなそんな目で私を見てた。助けてくれるわけでもないのに」

いやさ、もう死ん、いやいや、ほとんど幽霊みたいな状態なんだから、助けてやりたくてもできないんだが。

「知ってます？　ネットのコメントでディスられるより、コメントがつかない方が怖いってこと」

「うん、知ってる」

俺も昔はネットに詳しかったからな。

「私がそうだったんです。私のことをちゃんと人間として扱ってくれる人なんて誰もいなくて」

「そうだったのか……。あれ、ちょっと待って。それっていじめじゃないの？」

「殴ったり蹴ったりしたわけじゃないから」

どうも声のトーンからして、やられたことがあるような感じだ。

俺はヒワンのことを思い出した。あいつも仲間外れ……に近い状態だったな。むしろあいつの方が周りの人間を寄せ付けないと言った方が正しいような時もあったが。俺はあいつを助けてやれたのだろうか。干渉されるのをひどく嫌うやつだったから、そばにいること以外、何もできなかった。こんな言い訳をしている俺はなんて卑怯な男なんだ。改めて自分の無力さを知ってがっかりだ。

「殴ることだけが暴力ってわけじゃないだろ」

「……そうです。でも、透明人間扱いの方が怖いんです。写生大会があった日にね、目覚ましが壊れてて遅刻したんですけど、教室に着いたら誰もいなかったんです。スマホには何の連絡もきてないし、こっちから連絡するのもちょっといやで。仕方なくそのまま家に帰って、次の日また学校に行ったんですけど、何事もなかったみたいに普通でした」

自殺を図った中学生の生霊が言った。欠席扱いにすらならず、親にも自分にも確認の連絡はこなかったと。担任の先生もこの子には関心がなかったのだ。いてもいなくても、誰にも気付かれない子。生きている頃から幽霊のように扱われていた子。

傷付いて絶望した彼女は、匿名掲示板にこれまで自分に起こったことや自分の気持ちを書き込んだ。誰かに分かってほしくて。しかし返ってきたのは辛辣なコメントばかりだった。

「あんたに問題があるんじゃないの？」

「いじめられっ子って、たいてい本人の方が悪い場合が多いよね」

「いじめられているわけでもないのに何が問題？」

「社交性を持たないと」

「自分の方から相手に歩み寄ればいいじゃない」

もちろん中には温かいコメントもあった。しかし人間は、十の温かい言葉より、たった一つの非難の方が大きく感じられるものだ。

彼女は傷だらけになった。ひょっとすると本当に自分が悪いのだろうかとおじけづいた。勇気を振り絞ってクラスメートにあいさつしてみたこともあったが、目を合わせてくれる子は一人もいなかった。

授業中に自分の番号が呼ばれると、他の生徒たちが一斉に声を合わせて、「その番号はありません」と言うのが日常だったという。そんな扱いを受けていた子が自分からあいさつをするなんて、考えてみれば一大決心だったはずだ。しかし、努力は報われなかった。

絶望だけが彼女の友達だった。

「家ではどうだったの？」

彼女は黙って首を横に振った。両親はもっとひどかったらしい。仕事だ何だと言いながら子どもを放置する完全なネグレクト状態だったという。面倒を見てくれる姉が一緒に暮らしていた頃はまだましだったが、親代わりだった姉が成人して家を出た後は、誰も彼女のことを気にかけなかった。

確かに、集中治療室に横たわる彼女を見舞う人はいない。

「私のお葬式に来る人なんていないでしょうか？」

俺はなんと返事すればいいのか分からず黙っていた。何やってんだ、俺の体は。動け、とにかく動いて、この子の家族の胸ぐらをつかんで、病院まで連れてきてやりたい。俺と違って彼女は脳死判定を受けている。いつ心臓が止まるかしれない。家族なら、手遅れになる前に顔を見てやるべきだろうよ。

「お姉さんに連絡を取る方法はないの？」

彼女はまた首を横に振った。

「連絡先も分かりません。実家のことも、私のことも、全部いやだって言ってました。自由に暮らしたいって。自由って何ですか？　私を捨てたら自由になれるんですか？」

「そんなわけないよ。君のお姉さんはバカだ」

きっと君のことがずっと気になっているに違いない。何が自由だよ、そう言ってバカにして笑うと、彼女が猛烈に怒りだした。

「お姉ちゃんのことを悪く言わないでください」

それでも姉をかばうのか。ちぇっ。なんだよ。

俺たちは点滴がぽとりぽとりと落ちる様子を見ながら、自殺を図った中学生が横たわっているベッドの前にしばらく座り込んでいた。

「名前は？」

「……ミン・ヘソンです」

「かわいい名前だな」

「お兄さんの名前は何ですか」

「俺？　キム・ラム」

「木《ナム》？　変な名前」

おい、木《ナム》じゃないって、ラムだよ。

八

午後遅くに、ヘソンのお姉さんがやってきた。ヘソンが病院に運ばれてからすでに三日たっている。泣きじゃくる声が病室に響いた。俺たちはまたその前に座り込んでいた。

「お姉ちゃんが泣いてる」

「そうだな」

二〇歳くらいだろうか。まだあどけなさの残る顔を歪めて号泣する姿は、見ている方もつらかった。それでも俺はその場から離れなかった。知り合って日は浅いが、これでもミン・ヘソンの友達第一号だ。義理がある。逃げるわけにはいかない。

「もうこれ以上泣かないでほしい……」

「そうだな」

「つらいです」

「俺も」

ヘソンの目にも涙が浮かんだ。

「うっ、うっ……」

唇をかんでこらえていたヘソンだったが、我慢し切れずついに泣き声を上げた。俺は黙って彼女の背中をトントンしてやった。

「つらいときは泣いた方がいい」

「うっ、うっ……もう、やだ……」

「そんなに唇かんだら傷跡が残るぞ」

生霊にも傷跡ができるならね。

幸いヘソンはすぐに泣きやんだ。しかし、完全に落ち着いたわけではないらしく、沈んだ目でお姉さんの方を見つめていた。来てくれてうれしいというより、お姉さんが体を震わせて慟哭する姿に胸を痛めているようだった。

「私、いつ死ぬのかな」

脳死判定は事実上、死亡判定とも言える。呼吸器を外した瞬間に息が止まるだろう。そして死神がやってくる。呼吸器を取らなくても、脳の機能が停止した以上、いずれは息が止まる。

「助かる可能性……あるかも」

バカなことを言ってるのは自分でも分かっている。こんなのはただの願望だ。俺のバカな願い。おい俺、バカ野郎。これが慰めになるとでも思ってんのかよ。

案の定ヘソンが、何バカなこと言ってんのという表情で俺を見た。そりゃそうだ。俺は何も言えなかった。

「あの、保護者の方。ちょっと待ってください。少しだけ話を聞いていただけますか」

医師が一人、病室にやってきたのはその時だった。

「頭おかしいんじゃないの？　正気？　なんてこと言うの？　ひどい！」

まずはヘソンのお姉さんを落ち着かせてから話せばいいのに、医師は逆に彼女をかんかんに怒らせてしまった。医師が手に持っていたのは臓器提供の同意書だった。あ、俺、これ知ってる。ドラマで見たことある。他の患者を助けるために、脳死患者の臓器移植を懇願する医師。医療ものでたまに見かけるシーンだ。あれをリアルで見るとは思わなかった。大きくて丸い目をした医師は、見るからに善人そうだった。臓器提供の依頼もきっと、助かる見込みのある別の命を救いたい一心からの行為なのだ。

しかし、誰かの善意は他の誰かにとって、耐え難いほど残酷な仕打ちになることもある。ヘソンのお姉さんはその場で気を失ってしまった。

九

お姉さんは妹のベッドのそばを一時も離れなかった。何度か短い通話をしていたが、そのたびに泣きながら電話を切ってスマホを床に投げつけた。通話中の歪んだ顔と、その後ベッドに突っ伏して泣くのを見るだけで、電話の相手が誰なのか見当がついた。

その証拠に、ヘソンの両親は一度も病院に現れなかった。看護師たちが小声で話すのを聞いたところ、親は連絡をよこすなと言ったらしい。世の中には、残酷な人間がいるものだ。

泣き続ける彼女を見ているうちに、俺まで泣きたくなってきた。例の医師はタイミングを見計らって何度も同意書を持ってきた。ヘソンのお姉さんはそのたびに発作のように声を荒らげ、医師は病室から押し出された。それでも医師は諦めない。ずいぶん使命感が強い人だな。

それにしてもヘソンはどこへ行ったんだろう。ずっとお姉さんのそばにいたのに、今日は朝から姿が見えない。あいつも生霊だから、どうせ遠くまでは行けないはずだ。かくれんぼでもしているつもりか。どこだ、ミン・ヘソン。

俺は建物の中をぐるぐると見回って、ヘソンがとある病室にいるのを突き止めた。彼女と同じ年頃の女の子が、ベッドの上で真剣に本を読んでいる。よく見ると中学校の数学の教科書だ。隣には、他の科目の教科書が何冊も積み重なっていて、まるで小さな塔のように見えた。

ヘソンはベッドの下にしゃがみ込んだまま、じっとその子を見上げていた。

「心臓移植を待っているんだって」

「……さっきの医者が言ってた患者?」

「私が臓器を提供するとね、心臓はこの子にあげて、角膜はあっちの病室にいるお兄さんにあげるんだって。ばらばらに散らばるそうよ。あちこちに」

返事に困った。慰めるべきなのか……?　でもどうやって?　うわべだけの言葉じゃなくて、一体何を言ってやればいいんだろう。

「この子ね、早く心臓移植を受けないと死んでしまうんだって。なのにさっきからずっと勉強してるの」

「……大した子だね」

「検事になるのが夢で、成績も学年で一位なんだって、先生たちが話してた」

検事を夢見るその女の子は、教科書を閉じて問題集を開いた。さすが成績トップだ、ページがどんどん進んでいく。彼女が解答ページを開いて自己採点をすると、丸、丸、次も丸。全問正解だ。ミスは一つもない。他の科目の問題集も、全て満点だった。

しばらく丸付けをしていた手が止まった。彼女の目からぽろりと涙がこぼれ落ちた。赤丸のインクがにじんでいく。ヘソンはぼんやりとした目で、その涙を見つめていた。

「私には夢なんかないのに」

ヘソンがぽつりと言った。生霊は痛みを感じないはずだが、その時の俺は悲しくて全身がひりひりした。

「朝からずっとここで見てるの。あの子はね、お母さんが果物を切ってくれて、お父さんは本を買ってきてくれるし、友達も大勢いるの。担任の先生もお見舞いに来たわ。ほら、あれ見て、ジュースがいっぱいある」

ヘソンが指さした場所には、彼女の言う通りお見舞い用のジュースのパックが冷蔵庫に入りきらないほどたくさんあった。

「あれ、私が好きなやつ。グレープ味」

「……買ってやるよ。俺の意識が戻ったら、好きなだけ買ってやるから全部飲め。冷蔵庫ごと買ってやろうか？」

ヘソンがケラケラと笑った。知り合ってから初めて聞く笑い声だ。いつも暗い表情でわずかに唇を動かすだけだったのに。

「そんなに飲んだら飽きちゃうよ」

「別の味もそろえればいいじゃん」

「じゃ、グレープとオレンジとアップル。アロエは嫌い」

「オーケー、ちょっとだけ待ってろよ。すぐに回復して冷蔵庫ごと買ってやる」

それが不可能だということを、俺たちは分かっていた。できることならコンビニの冷蔵庫を担いできてやりたい気持ちだったが、六年間も寝たきりの自分が目を覚ます可能性はゼロに近い。脳死判定を受けたヘソンも、起き上がってジュースを飲めるようになる可能性はほとんどないのだ。

「あの子、生きたいだろうね」

「……そうだろうなあ」

「あの子が助かったら、私も助かったってことになるかな？」

俺はこぶしをぎゅっと握った。

「そうとも言えるんじゃないかな。お前の心臓なんだから」

その答えを待っていたかのように、それこそ自分が望んだ答えだと言わんばかりに、ヘソンが明るい笑顔を見せた。

「あの子が私のお葬式に来てくれたらいいな」

ヘソンが下した結論だった。俺は袖でごしごしと顔を拭いた。こらえようにもうまくいかず、視界がにじんで仕方なかった。

十

医師やスタッフは、お姉さんの説得に手こずっていた。彼女は、臓器移植の「ぞ」の字も聞きたくないようだった。彼女の苦しみの底にある感情が何なのか、俺には想像できた。おそらくは罪悪感だ。実家に置き去りにした妹が飛び降り自殺を図った事実だけでもショックなのに、妹の体を切り刻んであちこちに分けてやるなんて耐えられない。臓器移植を望む病院の人間が、怪物に見えているはずだ。

「お姉ちゃんに気持ちを伝える方法はないかな？」

ヘソンに尋ねられた俺は首を振った。この六年間あれこれ試してみたが、全て失敗した。俺たちは生霊なんだ。生きている人間に影響を及ぼすことなど、普通はできない。

「お姉ちゃん、かわいそうに……」

まったくだ。このままヘソンが死んだら、お姉さんは耐えられるのだろうかと俺も心配になってきた。一緒に悲しんでくれる人もいないのに。

「……うまくいくかどうか分からないけど」

「何が？」

「やってみるか？」

この六年間、病院内で起こる霊的な現象をずっと観察しながら、ひそかに立てておいた計画が俺にはあった。自分のために実行するつもりでいたが、君に譲ってやろう。

「ヘソン、実は俺には会いたい人がいるんだ。なんとかして会いにいく方法はないかと悩んだ末に思いついたことがある。死神はどこへでも行けるだろ？　そのうちだんだん分かってきたんだ。やつらにも奥の手があるってことを……」

俺は、赤いスーツの死神が、病院のコンビニで買ったチョコ牛乳をこっそり飲んでるところを見つけた時のことを思い浮かべながら話した。ちょうど隣の病室に、死期の迫ったじいさんがいる。今日明日といった余裕はなく、一分一秒を争うレベルで死にかけている。

「そんなことしてもいいの？」

目を丸くして言うヘソンに、俺は力強くうなずいた。

「うん」

だから、仕事中にサボってはいけないのだ。

十一

「俺は貴様が先月二七日午前三時頃に何をしていたか知っている」

できるだけ厳かな声で言ってみたが、赤いスーツを着た死神は驚くどころか、なんだこいつ？　という顔で唇の端を上げてあざ笑った。

「お前、気でも狂ったか？」

「い、いきなり暴言はやめてください。この前サボってたの、僕にバレたじゃないですか。あんなことしちゃだめなんでしょ！」

「で？」

彼は鼻で笑った。

「おとなしく僕の頼みを聞いてくれないと、うわさを立てますよってことです」

「誰に？　どこに？」

うう。俺は頭をかいた。勤務中にチョコ牛乳を飲んでいるのを俺に見つかった時は結構慌てていたので、これは弱みを握ったと思ったのに、どうしてこんなに堂々としてるんだ。

「ゆ……幽霊たちに？」

「やってみろよ」

他の死神に告げ口するのが一番良さそうだが、どうやらこの病院はこいつの担当区域らしく、彼以外の死神はあまり見かけない。次を待っていたらいつになるか分からない。

「そんなこと言わないで、一回だけ助けてくださいよー、兄貴ぃ」

「誰が兄貴だよ」

それまで俺の後ろに隠れていたヘソンがいきなり顔を出したのはその時だった。

「お願いです、助けてください！　ハンサムなお兄さん！」

彼女が両手を合わせ、切羽詰まった顔で死神を見上げた。

チッ、と短く舌打ちした死神は、いら立った様子で眉をひそめた。

「寿命が尽きかけている生霊と、ずっと病院にいる生霊で何してるんだ？　ままごとか？」

「手伝ってください。この通りです」

「どうかお願いします」

「何を手伝えっていうんだよ。お前らがこの世でできることなんてない」

「この子のお姉さんを説得したいんです。メッセージを伝えてやりたくて。あのままだと……耐えられないと思います」

「姉の方はまだ寿命が結構残っている。この先も大丈夫だろうよ」

「息をしているからって、元気に生きているとは限らないじゃないですか」

「俺の知ったことじゃない。死神はお前らに便宜を図ってやるためにいるんじゃない。俺は忙しいんだ。どけ、イ・ヨングの死亡予定時刻がそろそろだ」

「待ってください！」

ヘソンが間髪入れずに走りだし、死神のズボンにしがみついた。負けるわけにはいかない。俺も急いで反対側の足にすがりついた。

赤いスーツの死神が不機嫌そうに言った。

「……離せ」

「お願いです、一回だけでいいので、お姉さんと話をさせてください。すぐに終わりますから、ねっ？　あの世に行く時もおとなしくついていきます。今からでも来いと言われたらすぐ行きます」

「僕も、できることは何でもします！　だから、大目に見てもらえませんか」

「ったく、お前ら……」

死神が大きく舌打ちをした。次の瞬間、魔法のように彼の姿が消えた。おかげで俺とヘソンは床に転がった。痛くはないが腹が立つ。血も涙もないやつめ！　この子がこんなに頼んでいるのに、ちょっとは聞いてやれっての！　俺はヘソンを抱えて立ち上がらせた。

「おい、お前」

えっ？　いつの間に戻ったのか、死神が目の前にいた。真っすぐ俺の方を指さしている。

「何でもやるって言ったよな」

「……はい」

死神が懐から小さな手帳のようなものを取り出してこっちに投げた。慌てて受け取ると、表紙も中も真っ黒な手帳だった。ようやく死神らしいアイテムの登場だ。

「それを持っていって、イ・ヨングの名前を三回呼べ」

「え？」

「説明は後でする。あいつの寿命はあとわずかだ。時間がない」

おおっ、まさか！　死神がヘソンに向かって、ついてこいというふうに指を軽く曲げた。ヘソンがちらっと俺の方を見た。俺が自分の手のひらを上げると、ためらっていたヘソンがハイタッチしてきた。

「ミン・ヘソン、ファイト！　きっとうまくやれる！」

「……行ってくるね」

「来ないのか？　さっさとしろ」

「はい！　今行きます！」

ヘソンが死神の方へと走っていった。彼女と一緒に行きかけた死神は、最後に俺の方を見て、手刀で首を切るジェスチャーをした。

「それ持って逃げたら、タダじゃおかないからな」

「あ、はい……」

十二

心肺停止した患者に医師や看護師が慌ただしく心肺蘇生を試みる中、俺はイ・ヨングじいさんの名前を三回呼んだ。イ・ヨング、イ・ヨング、イ・ヨング。気付くとじいさんが俺のそばに立っていた。

「お前、何してるんだ？　バイト？」

しばらく周囲を見渡していたじいさんは、俺と目が合った瞬間にそう言い放った。じいさんは意識不明になるたび生霊になって病院を歩き回っていたことがあったので、俺たちは知り合いだった。時々話し相手になってやったこともある。

「まあ、そんな感じです」

「あの赤い服を着た若造はどこだ?」

「果たして彼が若造なのかどうか」

あれでも一応死神なので。

「あの顔は若いだろ」

それはそうですけど。

「少々お待ちいただければ、すぐに来ると思います」

「俺が逃げたらどうするつもりだ?」

「それはやめてください、おじいさん」

どうせ名前を三回呼ばれた瞬間、その人の魂は死神に帰属するのだ。つまり、逃げられないってことだ。そして俺は知っていた。じいさんは人生にこれといった未練がない。十分長生きしたんだ、これ以上生きてどうする、それがじいさんの口癖だった。

「何だ、年寄りを待たせやがって。最近のやつらは礼儀がなってない」

いや、向こうの方が年寄りかもしれないんですが。

「善行を施しにいったんです。もう少しだけ待っててください」

じいさんは不服そうに舌打ちをした後、死体となった自分を囲んで嗚咽する家族を見回した。おばあさん、長男、長男の妻、次男、次男の妻。

「まったく、年寄りが死んだくらいで、なんでこんなに泣くんだ」

「死人があれこれ言うんじゃありませんよ。亡くなった人をどう見送るかは、残された人たちが決めることです」

「何だと、この生意気なやつめ！」

　おっと、一発殴られた。といっても痛くはないが。

「そんなことは分かっとる。こいつらが泣くのを見ておれんのだ。おい、早く来いと死神に伝えろ。あの世までの道のりも長いってのに、いつまで待たせるんだ」

　家族が泣くのを見るのがつらいならそう言えばいいのに。素直になれない老人は、悲しむ家族に背を向けたまま死神が来るのを待った。

　ほどなくして死神がヘソンを連れて戻ってきた。上気した顔のヘソンに話しかけた。

「ちゃんとできたか？」

「うん、うまくいくと思うわ」

　確信に満ちた声だった。よかったな、と頭をなでてやると、ヘソンが小さな声で言った。

「ありがとう」

　振り返って俺たちを見ていたじいさんは、ニヤリと笑ってから死神を急《せ》かした。

「何をぐずぐずしている、さっさと案内しろ」

「この老いぼれが、先着順にあの世へ行けるとでも思っているのかよ。うるせえな」

「何だと？　最近の若いもんは、目上の人間を敬うこともできないのか！　いちいち口答えするな！」

「こっちのせりふだよ、それは」

二人は最後まで口げんかをしながら遠くへ消えていった。俺はヘソンと一緒に集中治療室へ戻った。横たわるヘソンのそばで、お姉さんは魂が抜けた人のようにぼうぜんとしていた。彼女はゆっくり立ち上がり、動かないヘソンの額をなでた。

「……ヘソン」

「うん、お姉ちゃん」

ヘソンが近づいて返事をしても、お姉さんの耳には届かない。それでも彼女は妹の名前を呼び続けた。

「ヘソン」

「うん、ここにいるよ」

涙が乾いた跡の上に、新しい涙の雫がぽとりと落ちる。

「ごめんね」

「大丈夫だよ」

その涙は、慟哭と共に流したものとは違っていた。悲しいことに変わりはないが、わずかながら穏やかなものに変わっていた。

十三

その日の夕方、ヘソンのお姉さんは臓器移植の同意書にサインをした。

そして翌日、ヘソンは死神に手を引かれて俺のそばから去っていった。最後のあいさつはあっさりしたものだった。俺たちは、お互いの姿が見えなくなるまで手を振った。ヘソンがうれしそうで本当によかったと俺は心から思った。

検事を夢見る中学生、ユンジュの手術は成功した。ヘソンの体内にあった残りの臓器は、それぞれ必要な患者の元へ届けられた。俺は、ユンジュが麻酔から覚めて、彼女の家族が安堵の涙を流す様子をずっとそばで見守っていた。この子が必ず自分の夢をかなえて立派な検事になれますように、そしてヘソンの名前を忘れませんようにと祈った。

ユンジュの家族は、まだ動けないユンジュの代わりにヘソンのお通夜に出席してくれた。彼らはヘソンのお姉さんの手を強く握り、感謝と慰めの言葉を伝えた。俺は、黒い喪服を着たヘソンのお姉さんの後ろに座りながら、その様子を見ていた。生きている人には見えない俺だけど、そばにいてあげたいと思った。

出棺の日、車椅子に乗ったユンジュが友達に付き添われて葬儀場に来た。ヘソンがこの光景を見たならどんなに喜んだだろう。

「何でもするって言ったの、忘れてないだろうな」

音もなく現れた死神が、気が付くと俺のそばに立っていた。代償を払う時がきた。

十四

「お前、死神になれ」

……は？

俺は大きくまばたきをして耳をかっぽじった。今のは幻聴か。

「死神になれと言ったんだ」

「エントリーした覚えはありませんが」

「何でもするって言っただろ。今になってほごにするのか」

「いや、そういうわけではないんですが……もしかして、人手不足ですか？」

「そうだ」

意外にも死神は素直に認めた。確かにこの六年間つぶさに観察してきたが、こいつの仕事は激務と言えるだろう。広過ぎるこの病院も含め、彼の担当区域はかなり広い。おまけに人は病院の中でだけ死ぬわけではないのだ。

「死神の仕事は誰にでもできるものじゃない。採用条件をクリアしたやつを探すのは骨が折れる。せっかく見つかっても、すぐに逃げられてばかりだ。給料は安いし、毎日残業だし」

給料も出るのか。それはちょっと驚きだ。

「お前にとっても悪い話じゃない。むしろ俺に感謝することになるはずだ」

まあ、ヘソンを助けてくれたことはすでに感謝している。

「お前が命がけで助けたあの女、もうすぐ死ぬことになってるから」

それを聞いた俺はがくぜんとした。死神が悪意のない笑顔を見せた。

「お前が死神になれば、救ってやることもできるぞ」

チョン・ヒワン。お前の身に何が起こっているんだ。

「どうだ？　これでもやらないつもりか？」

「やります」

断れるはずなんてなかった。

十五

あの死神、ではなくて、今や俺の上司となった男に名簿を渡された。例のあの黒い手帳だ。表紙には俺の名前がある。中を開くと、懐かしい名前がくっきりと見えた。

チョン・ヒワン。

人間の一生のうち、死の危機は三度訪れる。一度目を避けることができても、また次の危機がやってくる。事故に遭った日、ヒワンは死ぬ運命にあった。彼女の名前の下には、その日の日付と二度目の危機と書かれていた。そしてその後すぐ、三度目の死の危機が迫っていた。

「たまにお前みたいなやつがいるんだよ。あの女と関わらなければ、お前は迷惑じいさんになるまで長生きするはずだったのに」

その言葉通り、俺が死ぬ日は三つともずっと先の日付になっていた。ここに書かれているのが本当なら、あと八〇年は植物状態のままでいるのか。恐ろしい。

「お前の寿命と、あの女の寿命を取り換える。やり方は簡単だ」

たった三回、名前を呼ぶだけでいい。

「うまくいったら僕が死ぬんですね」

「そうだ。死神になったら、どうせ残りの寿命は返上することになっている。どっちみち死ぬんだよ。そういう場合、生きていてほしい人間に自分の寿命をあげることもできる。普通はみんなそうする」

なるほど、それで俺のように、元々長生きすることになっているがまだ完全に死んでいない人間だけが死神になれるのか。しかし、そうした条件を満たす者はごくわずかで、おまけにノルマを達成した後はほとんど退職してしまうから、いつも人手不足らしい。

俺は一つ気になった。

「それで、あなたは誰にあげたんですか?」

「新入り、質問を許可した覚えはないぞ」

「同じ境遇じゃないですか。先輩のご高話をぜひとも伺いたいのですが」

「……まあ、教えてやれないこともない」

だから誰なんだよ。

「女」

どんな女なのか最後まで教えてくれなかったが、大体の察しはつく。俺は彼と別れて自分の病室に向かった。親不孝な俺だが、息子として別れのあいさつはきちんとすべきだろう。

母さんがおしぼりで俺の顔を拭いてくれていた。

「ねぇ、ラム」

「はい」

「明日、ヒワンに会いにいこうかと思ってるんだ」

母さんの顔に穏やかな笑みが浮かんでいる。俺も同じようにほほ笑んでみた。キム・インジュさん、俺の母さん。あなたがヒワンをどれだけ大切に思っているのか俺は知っている。正直に言いなよ、俺よりヒワンの方が好きだよね？

「母さんを応援してね」

届くはずもないあなたの背中に、両手を伸ばしてみる。

「きっとうまくいくよ」

そう言ってあげたかった。

俺の気持ちが届きますように。

あなたがこれからも、ずっとずっと幸せでありますように。

十六

「チョン・ヒワン」

青白い顔をしたお前がいた。混乱した瞳が大きく揺れている。驚くのも当然だ。俺のことは死んだとばかり思っていたはずだから。それにしても今のお前は、まるで生ける屍じゃないか。

生きる意欲をとっくになくしていることは、やつれた顔を見ただけで分かった。なんてバカなんだ、チョン・ヒワン……どれだけ泣いたのだろう。

「……キム・ナム……？」

ナムじゃない、ラムだって。一体いつになったら俺の名前をちゃんと呼ぶんだ。笑えるな。こういうところは一つも変わっていない。

「相変わらず滑舌悪いな。俺の名前はナムじゃなくて、ラム、だってば」

ずいぶんと髪が伸びた。少し背も高くなったのかな。そばに寄ってみたが、そうでもない。むしろ以前より低くなったような。あ、俺の身長が伸びたのか。これも死神になったボーナスか。

「あと二回だ」

なんとか一回はクリアした。強情なお前に、俺の名前をあと二回言わせることができるだろうか。ちょっとてこずりそうだ。

「え……？」

「俺の名前をあと二回呼んだら、お前は苦しまずに死ねる」

うそついてごめん。こうでもしないと言うことを聞いてくれないだろ。

「呼べよ、俺の名前」

十七

正直に言うと楽しかったんだ。お前も俺も完全に生きている状態とは言えないが、それでも普通の人たちのように街を歩き回れるのはうれしかった。久しぶりにラーメンを食べたり、スーパーで新製品を見たり、試食をしたり、桜が舞い散る通りをお前と二人で歩いたり。

にしても、なんでこんな大酒飲みになったんだよ。一口も飲めませんって顔してるくせに、まったくよく飲むもんだ。

「お前だってあるだろ？」

「……何が」

「やりたいこと。あったら言えよ。残り少ないじゃん、一緒にやってやるよ」

「お酒、どうして飲まないの？」

おっとチョン・ヒワン、いつの間に話題を変える方法なんか覚えたんだ。相変わらず意固地だな、やりたいことがないなんて。それに、死んだはずの俺がいきなり現れたっていうのに、何も気にならないのか？

「後で。仕事が終わったら思いっきり飲んでやる。今は勤務中だからな」

実は俺は酒を飲んだことがない。もしここで酔っぱらったら、余計なことを口走ってしまいかねない。だから飲むわけにはいかないのだ。

「おかしいと思わないのか？」

「何」

「だって変だろ？」

「……」

「こんなの、あり得ないだろ？」

お前は返事もせずに、ひたすらビールを飲み続けた。そろそろ心配になってきた。こいつが酔いつぶれたらどうしよう。長い間離れていたから、俺はヒワンが酔うとどうなるか何も知らない。

「あんた、元から変だったし」

言ってくれるね。そうだ、お前にとって俺は元々変なやつだったよな。

ピンクの花びらが、はらはらとお前の髪の上に舞い降りた。酔いのせいか、お前の顔がほんのり赤い。ああ、だめだ。こんなに時間が流れたというのに。

俺の目に映るお前は、相変わらずきれいだ。

「チョン・ヒワン」

「何よ」

「頑固で、気難しくて、考え過ぎのチョン・ヒワン」

お前がなぜそこまで意地になって俺の名前を呼ぼうとしないのか、俺は知っている。当たり前だろ、何年一緒に過ごしたと思ってるんだ。

「俺は」

最後まで言ってしまいたい。

「お前を」

好きだ。だけど、言葉は喉の奥に張り付いたまま出てこなかった。言えるわけがない。お前はこの先も生きていかなければならないのに、俺は死んでしまうから。

十八

お前と一緒にしたかったことを全部やるには、一週間はあまりに短過ぎた。

十九

旅行から帰る電車の中で、ようやく寝付いたお前が泣きながら目を覚ました。

「泣くな」

このままではいけない。このまま俺の寿命をヒワンにあげたとしても、お前は生きていけないだろう。

「全部夢だよ」

死に切れずにただ虚しく過ごす人生。そんなのは「生きている」とは言えない。

「遊園地に行こうか？」

俺は決心した。お前の生きる原動力になりたい。

二〇

「じゃあ、俺がお前のことを好きでも構わないってことだな」

お前の唇は甘くて、俺はこのまま地球が滅亡したらいいのにと思った。

未練によく似た感情に、やたら後ろ髪を引かれる。離れたくない。なかなか歩きだせなかった。

最後を告げる場所を俺はもう決めていた。大きな観覧車……もしかするとトラウマになるかもしれないな。かといって今さら場所を変えるつもりはなかった。

ごめんな。でも俺は、お前に生きてもらいたい。

本当は俺だって、生きていたかったんだ。

二一

「あー、生きていたら、もっといろんなことをやってみたかったなあ」

そう、お前と一緒にやりたかったことはたくさんある。お前が女じゃなくても、ただの弟でも妹でも、二人でやってみたかったことは多い。ずっとそばで生きていたかった。

だから、お前と一緒にやりたかったことをリストにして、全てかなえたかったんだ。

本当は、ただそばにいたかった。そのためなら、なんだってするのに。

でも、二人のうち一人しか生きられないなら、

「チョン・ヒワン」

俺が生きるより、お前が生きる方がいい。

「……何よ」

「こんなのは、たかが青春時代のセンチメンタルな感情に過ぎない。時間がたてば、多分

すっかり忘れてしまうだろう」

うそだ。時間がたてば忘れてしまうような、そんな薄っぺらい思いなら、どうして俺がここまでするんだよ。

「俺たちの時間はあの時ストップしたんだ。だからそのままの形で残っている。それだけだ。ただそれだけのことさ」

俺のことは忘れてくれ。こんなふうに生きるんじゃない。お前を見ていると腹が立ってくる。助けてほしいってなぜ言わないんだ。お前が生きたいとさえ言ってくれれば、一週間も引き延ばさずに、全部あっさりと終わらせたのに。俺がこんなに未練がましくならずに済んだのに。

「だからもう忘れてしまえ」

名残惜しくて、離れ難くて、自分が情けない。

大丈夫だ、時間は十分あった。ゆっくり心の整理をしよう。いつかお前の命が尽きる日がきたら、その時俺たちはまた会えるのだから。

「行こう。そろそろ終わりの時間だ」

二二

「……キム・ナム」

ついに、お前が俺の名前を三回呼んだ。契約成立だ。お前と俺の寿命を取り替える契約が。やれやれ、頑固なお前に何かを言わせるのがこんなに大変だとは思わなかった。あれこれうそを並べてなんとか成功。あと少し遅かったら失敗するところだった。

「チョン・ヒワン、そろそろ起きる時間だ」

意識を失ったお前と一緒に、俺は病院に向かった。ここは、俺が今まで世話になってきた場所で、今お前の体が横たわっている場所だ。


「これで分かっただろ？」

「……私、なんで生きてるの？」

お前は、死んだように眠っている自分の体を目にしても、すぐには状況を理解できなかった。こういうケースはまれにある。体から魂がはじき出された時の衝撃が大き過ぎると、直前の記憶を失うことがあるのだ。

「死んでないし、もう死なないから」

「あっ」

ようやく状況を把握したお前は、血の気が引いた手のひらで口をふさいでいたが、しばらくして、とつとつと言った。

「これも……夢？」

「いいや」

「もう死ぬの？」

「いいや」

ヒワン、まだそんな間抜けな質問をするのかよ。マジで分からなくて聞いてるのか？

「どうして」

「俺がお前を死なせるわけないだろ、お前のことをどれだけ……」

好きだと思ってんだよ。どうしても言い出せなかったその一言が、体中を駆け巡っては消えてゆく。俺は、ただ笑顔を見せてやることしかできない。好きだ。そう伝えたい。好きなんだ。お前にそう言いたくてたまらない。

「また私を置いていくの？」

「待ってるから。ゆっくり来いよ」

ちょっとの間離れるだけだ。俺たちはまたすぐに会えるはずだから、俺の告白はその時までとっておくから、お前は思いっきり幸せに暮らしてほしい。元気に、面白おかしく。だから。

「長生きしろよ。一〇〇年後にまた会おうって約束しただろ」

あとはここで別れるだけだ。

そして同時に、新しい楽しみが一つできた。

二三

こうして俺は、再びお前の元を去った。

二四

ヘソンのお骨が納められた納骨堂を見つけるのは、そう難しくはなかった。冷蔵庫ごと買ってやるという約束は果たせなかったが、ジュースは忘れずに持ってきた。カメラを向けられるのに不慣れだったのか、緊張した表情を浮かべたヘソンの写真の奥には、おそらく彼女のお姉さんが持ってきたと思われる手紙とお菓子が置かれていた。俺はその横に、持ってきたフルーツジュースを並べて置いた。

死神になって日が浅い俺には、ヘソンがどこへ行ったのか分からない。でも君は優しくていい子だったから、きっといい所へ行ったはずだ。

写真に映るヘソンの顔をしばらく眺めてからその場を離れた。すると、向こうから三、四人の女の子たちが、こちらへ向かってくるのが見えた。彼女たちは俺に気付かずにそばを通り過ぎてゆく。当たり前か。

あれっ。俺は立ち止まって振り返った。一人に見覚えがある。ユンジュだ。かわいらしい封筒を持って、写真の中のヘソンに向かって明るく笑っている。俺はしばらくその場で彼女たちがはしゃぐ様子を眺めた後、再び歩いて納骨堂を出た。

彼女たちはこの先も生きていく。俺の愛する人たちも、どこかでみんな生きているのだろう。

そして俺も。

お前のことを待ちながら。

君のいない、A

○

君が逝ってしまってから、私は日記を書く習慣ができた。内容は至って平凡で、その日あったことを書いて、次の日の予定を確認する。それから、以前君が書いてくれたバケットリストのうち、クリアできた項目を記す。

君のいない日々を送る私の毎日を、いつか君に会ったら見せてあげられるように。

一

昨日は、君と一緒に見た映画の続編を見にいった。一人で行ったわけじゃないよ。君のおかげで、今の私には友達がいるから。

予約したチケットをヨンヒョンが出力している間に、私はポップコーンを買うために売店の列に並んだ。こういうのは苦手だけど、ふと君が言ってたことを思い出した。

——毎回初めてだと思えば、何でも面白いんだ！

チケットを手に戻ってきたヨンヒョンは、私がブラックパンサーの頭の形をしたポップコーンバケットを抱えているのを見て大笑いした。

「よりによってそれを買ったの！　なんか人の脳みそを食い荒らす気分じゃない、それ！」

何がそんなに面白いのかさっぱり分からなかった。私はただ、今から見る映画のキャラクターっていうから選んだだけなのに。

「ねえ、知ってる？」

「……何？」

「そんな深刻な顔でポップコーンを持っている子なんて、世界中探してもどこにもいないよ。まるで研究材料みたい」

友達になる前には気付かなかったが、ヨンヒョンはちょっと辛辣《しんらつ》なところがある。

「……で、食べないの？　この脳みそ」

「まさか、食べるに決まってるでしょ。チョン・ヒワンが買ってくれたのに！　いただきます」

私が持っていたポップコーンを奪って劇場の中へ向かう間、彼女はゲラゲラと笑っていた。無愛想な顔でポップコーンセットください、と注文する私を想像するだけで笑えるらしい。ヨンヒョンの感覚は全く理解できない。でも嫌な気分ではなかった。一緒に過ごす時間が楽しいのはいいことだから。

絶対見ろよと君がポスターをくれた、あのシリーズの続編だった。映画の中のヒーローたちは相変わらずユーモラスで正義感にあふれ、どんな危機が迫ろうと、結局最後は世界を救った。君なら間違いなくこの続編も好きだろう。私の映画の感想を聞いたヨンヒョンは、同意できないのか眉間にしわを寄せて言った。

「あの人たちが世界を救ったのは間違いないけど、壊したものの方が多いんじゃない?」

そんなことが重要だろうか。

映画館を出て家に向かうと、桜が満開だった。再び春が巡ってきた。ひらひらと舞い降りた花びらが、地面を覆いつくしている。ピンクのカーペットだね、とヨンヒョンに言うと、彼女がまたもや噴き出した。もしかして彼女はただ、私が何をしても面白いのかも。

「あっはっは、今のさ、初めて桜を見た幼稚園児のセリフだよ」

「……」

時々感じることだけど、ヨンヒョンは君とおばさんに似ている。私が何をしても笑うところや、私には理解できないタイプの人だけど嫌いじゃないところまで。

二

夏を目前に控えていたある日、家族で夏休みの計画を話し合った結果、みんなで旅行に行くことになった。初めての家族旅行だ。

お母さんはうきうきしながら旅の計画を立てはじめた。どうやら飛行機は初めてらしい。

実は私もそうだ。父さんは何も言わなかったが、やはり初めてのようだ。

私たち三人を見て、ヨンヒョンが笑顔で言う。

「じゃあ皆さんご存じないですね？　飛行機には、必ず靴を脱いでから乗るんですよ」

誰がそれを信じるのよ、と思っていたが、搭乗する直前に父さんが一瞬ためらっていたのを見ると、だまされる人もいるのかもしれない。お母さんはそんな父の背中をたたいて笑っていた。私はヒラムを抱っこして、彼らの後を歩いた。座席についてシートベルトを締めると、わずかに緊張しているのが自分でも分かった。

やがて飛行機が離陸した。晴れ渡った空を眺めながら、かばんの中にある君の写真を心に浮かべる。

ほら、見て。初めての家族旅行だよ。たとえそばにいなくても、みんなの心の中には君がいるよ。だから、これは君も一緒に行く旅行なんだ。

三

晩春とも初夏ともいえそうな、曖昧な季節。旅行先の島は本土とは違い、春と夏の匂いが混ざった風が強く吹いていた。甘ったるくて、どこか生温かい匂いがする。父さんは最近写真に凝っている。これまでの分を取り返すかのように、ヒラムとお母さんと私の写真を撮りまくっているうちに立派な趣味にまで発展した。初めて訪れた島をあちこち歩き回る間も、彼はカメラを手放さなかった。

シャッター音が続く。お母さんはヒラムを抱っこしていろんなポーズを取った。夕日の沈む海辺で、林道にそびえ立つ大木の下で、迷路のような庭園で、道端に咲く名も知らぬ花の前で。遠くの滝を眺めながら、雪のように白い砂浜を踏み締めながら、そしてかすかに日差しが差し込む暗い洞窟の中で。

「ヒワン！　こっちよ！　一緒に入って！」

時々は私と並んで。信じられないほど優しい光景ばかりだ。

「ヒラムちゃん、お姉ちゃんって言ってごらん、お姉ちゃん」

「オ、ムムム」

「ヒラムちゃんはいつおしゃべりできるようになるのかしら？」

「……もう少し先かな」

普通なら先にママやパパと言わせたがるのに、お母さんはいつもお姉ちゃんと言わせたがった。当のヒラムはベビーカーの中できゃっきゃと笑っている。ご機嫌ね、とつられてお母さんもほほ笑んだ。

ヒラムが生まれてからずっと見てきたけれど、赤ん坊は不思議な存在だ。機嫌良く笑っていたかと思うと、いきなりむずかったり泣いたり、常に予想外の反応をする。きっと小さな赤ん坊なりに、豊かな世界を生きているんだろう。そう思うと、この子が心からいとおしい。

読んでいた本から目を離してお母さんのそばへ行くと、隣の席を空けてくれた。私が読んでいた本の表紙を目にした彼女が言った。

「まあ、何を読んでるの？　『写真で学ぶ赤ちゃんの育て方』？」

「……赤ちゃんの発達段階ごとに写真付きで説明してあって、分かりやすいんです」

「ヒワン……」

お母さんはみるみるうちに涙ぐみ、しばらく黙っていた。彼女のこういうところに、私は毎回驚かされる。お母さんはよく笑う人だが、同じくらいよく泣く。私の前ではいつもにこにこして涙を見せたことのない君とは、全く違うと思った。

この差はなんだろう。

「ヒワンは本当に優しいのね」

お母さんは私の頭を抱き寄せてすすり泣いた。私はなんと言えばいいか分からずじっとしていた。ただ好きでやってるだけなのに、そう思いながら、私も彼女を抱き締めた。

父さんは写真を撮るのをやめ、私が読んでいた本を手に取った。そして眉間にしわを寄せながらページをめくり、うむ、うむ、とうなずいている。本の内容が気に入ったようだ。

「心から大切に思っているわ。ヒワン、愛してる」

お母さんがささやくような声で言った。が、人々の視線が気になって背中が熱い。どう考えても、混んだカフェのテラスでやるようなシーンではない。

もし君がここにいたら何と言うだろう。君なら多分、恥ずかしがるどころか、父さんも引っ張ってきて座らせ、みんなに「愛してる」を大声で言わせたんじゃないだろうか。それを想像すると噴き出しそうだ。

「……私も」

昔読んだ本のフレーズが思い浮かんだ。愛していると告げるのを先送りしてはいけないとあった。明日も明後日も日常は続くのだからと後回しにしていると、相手との距離はどんどん広がってしまう。だったら、ずっとできなかった分まで一生懸命やってみよう。もし君が今の私を見たら、きっと笑顔で褒めてくれるだろう。だから私は、君の代わりに父さんを引っ張ってきて目配せした。

「あ……愛し……て、コホン」

父さんがちゃんと言い切るまでにはほんの少し時間がかかった。それでも構わない。君がいなくなってから、私にとって待つことは、楽しいことになったのだから。

四

夜、家族が寝静まった後、私はそっとドアを開けてテラスに出た。ヨンヒョンが撮ってくれた、君と私の写真を手にして。

見える？

星がとっても近くて、頭の上に降ってきそうだよ。

今日も、君が書いてくれたバケットリストの中のいくつかを線で消したよ。全部消したら、次は新しい項目を加えようと思う。ヒラムがもう少し大きくなったら、一緒にできることも増えるだろうから、それに合わせて一つずつ増やしてみたいんだ。いくつかの項目は勝手に外したけど、それは理解してね。

君でなければできないこと、君とでなければやりたくないことが、私にはたくさんあるんだ。


「会いたいな……」

きらめく星をたたえた夜空は、ダークブルーの闇に覆われてどこまでも広がっている。君と二人で砂浜に座って見上げたあの空のように。古いラブソングが聞こえてきて、甘い風が吹いて、私は缶ビールを飲んで、君は炭酸飲料ばかり飲んでいた、あの夜のように。

これからも君のことが時々恋しくなると思う。時間に流され、記憶が薄れてしまえば、今の気持ちも、ぼんやりとしたものになるかもしれないけれど。

あの頃、君は私の全てだった。だから、君が残してくれたものを、一つ一つ大切にして、君が私のためにつくってくれたこの道を、ゆっくり歩いていくよ。

長い長い時間が流れて、君にまた会えたら、その時には必ず言うから。

「久しぶり！　ラム」

何度も戸惑って、先延ばしにした挙げ句、言えなかった一言を。

五

「好きだよ。ずっとずっと好きだった」

君のいない、B

○

「トリック・オア・トリート！」

「……何ふざけてるんだ」

「もうすぐハロウィンではありませんか」

「西洋の祭りがなんの関係だ」

ついて回って仕事を教えてもらううちに分かったことなんだが、俺にとっては超が付くほどの先輩かつ同僚でもある、真っ赤なスーツを着たこの死神は、朝鮮時代（訳註・一三九二年～一八九七年）の人だったらしい。どうりで融通が利かないと思った。年代物の頑固オヤジだな、と小声で文句を言ったのがどうやら耳に入ったらしく、背筋が凍るほど鋭い目でにらまれた。一言でも余計なことを言えば、俺の首が取られそうだ。

とにかく。お祭りは楽しむためにあるのだ。それが東洋のものであれ西洋のものであれ、祭りには変わらない。俺はかぶっていたジャック・オー・ランタンを脱いで、片方の脇に挟んだ。こう見えても子どもたちには人気があるんだ。これをかぶって「トリック・オア・

トリート！」と叫べば、盛り上がるんだから。

今日は俺の担当区域で、まだ幼い子どもが死んだ。

死は人を選ばない。こちらの都合に合わせることも、適切なタイミングを選んでくれることもない。頭では分かっているつもりだが、納得するのは難しい。

「それで考えたっていうのが、そのバカみたいなカボチャ頭か」

先輩はあきれていたが、俺はその子たちの行く道が多少なりとも楽しくなるなら、何でもするつもりだった。

「で、ハロウィンって言ったな」

「はい、ハロウィンです。死者と生者が交わることができるお祭りです」

興味はなさそうですが。

「面倒だな。ちょうどその頃か。こうぴったりタイミングが合うなんて珍しいんだが」

先輩がつぶやいた。何がぴったり合うんだろう、占星術でいうグランドクロスみたいに、惑星が並んだりするのだろうか。

「たまにあるんだ、死者と生者のチャンネルがつながる日が。めったにないぞ、大体一〇年に一度くらいだな」

「文字どおりハロウィンですね」

「これがどういう意味かまだ分かってないらしいな、新入り」

むむ、死神になって何年もたつのに、まだ新入りだなんてひどいな。

「この日は死者を縛る制約が弱まるんだ。俺たちもな」

「……え、ということは、まさか……？」

「そうだ。会いにいけるってことだ」

心臓の拍動にターボがかかった。

一

死は時を選ばない。

それはハロウィンの日も同じだ。俺は一日中忙しかった。普通の人ならトイレに行く暇もないじゃないかと愚痴をこぼすレベルだ。行く必要がなくてよかった。とはいえ、普段よりハードな業務量に不満を述べると、先輩が言った。

「当たり前だ、死者を縛る制約が弱まる日だと言っただろ」

だからみんな逃げ足が速かったのか！　今日に限ってどいつもこいつもすばしっこいと思った。

とにかく、仕事はなんとか終わった。俺は懐の中に名簿を適当に突っ込んだ。いつの間にか日が傾きはじめた。時間がない。お前の顔を見られるかもしれない時間は残りあとわずかだ。

「会いにいくのか？」

「今考えてます」

「行かない方がいいと思うぞ」

「え、……どうしてですか？」

「望んだわけでもない人生が与えられたんだ。楽しく生きていける人もいるだろうが、うまくいかない人もいるだろう。いずれにせよ、俺たちにとっては必ずしもうれしいものじゃない」

寂しげな口調だった。遠い過去を思い返しているような先輩の表情から、俺にはうかがい知れない事情があることを悟った。

「ひょっとして、会いにいったことが……あるんですか？」

「さあね。あると言えばあるし、ないと言えばないかな。ま、頑張ってみろ」

先輩は、持っていたチョコ牛乳をストローで吸いながらどこかへ行った。俺は脱力した。久しぶりにシリアスな場面だったのに、チョコ牛乳のせいで台無しだ。

「……行くべきか、行かざるべきか」

お前は元気に過ごしているだろうか。俺には分からない。重要なのは、俺自身がお前を、そして俺が愛している人たちを信じることだ。きっとお互い支え合いながら、共に泣いて笑って、毎日一生懸命に生きているはずだ。

問題は俺だ。もしお前に会ったら、きっと離れ難くなってしまう俺だ。

二

近くの遊園地に向かったのは、特別な理由からではない。ただこのお祭り騒ぎの波に乗っかりたかっただけだ。だから、大声で泣いている迷子の女の子に会ったのも、全くの偶然だった。

「ジャジャーン！　かわいいお嬢ちゃん、なんで泣いてるの？」

「……かぼちゃ？」

「そうだよ、かぼちゃのお兄さんだよ。どうして泣いているのか俺に話してごらん？」

「うちのお姉ちゃんが、知らない人と話しちゃダメだって。まともな大人は、知らない子になれなれしく話しかけないって言われました！」

チョン・ヒワンは相変わらずだな。思わず噴き出しそうになったが、ジャック・オー・ランタンをかぶっているからこの子には見えないだろう。

さて、どうすればこの子は警戒心を解いてくれるかな。

「お姉ちゃんがいるの？」

「うん。私のお姉ちゃんは、とってもきれいなんだから！」

さっきまでベソをかいていたことも忘れ、両手を握り締めて声を上げる姿があまりにキュートで、俺は笑いをこらえることができなかった。

会った瞬間、一目で分かった。くりくりした瞳に優しい口元は俺の母さんに似ていて、すっきりした額や整った鼻筋はヒワンそっくりだ。おじさん、いや、お父さんに似ているのは、そうだな、真っ黒な髪くらいか。

「じゃあ、どこにも行かないでここで待っててくれる？　俺がお姉ちゃんを連れてくるから」

「お姉ちゃんを知ってるの？」

「知らないよ。でも、見ればすぐに分かると思うんだ」

「どうやって？」

「お兄ちゃんはね、実は魔法使いなんだ。見るだけで何でも当てられるんだから」

「うそ！」

「うそじゃないよ、本当」

「そうやってうそつくのは悪い人だよ！」

両手を腰に当てて怒って見せる顔つきは、一人前に厳しい。俺は、どこにも行かないでここにいるんだよと何度も言い聞かせてから、近くの案内所に駆け込んだ。

「すみませーん、園内放送をお願いしまーす！」

その日は結構混んでいたせいか、迷子も多かった。スタッフが落ちついた様子で、子どもの名前や特徴を教えてほしいと俺に言った。子どもの情報……情報ね。

「えーと、大体五歳くらいで、名前は……」

そういえば、あの子の名前を聞かなかった。

ここはもう当てずっぽうでなんとかするしかない。

「チョン・ヒラムです。チョン・ヒラムちゃんが、お姉さんのチョン・ヒワンさんを探しているると放送してください。メリーゴーランドの前で待ってますって」

もし間違っていても、ヒワンならきっとすぐに気付いて駆けつけるはずだ。そして俺は自分の勘を信じていた。母さんやヒワンの考えることなんてお見通しだ。一緒に過ごした歳月は一日や二日ではないのだから。

三

急いでさっきの場所に戻ると、あの子がちゃんと待っていたのでホッとした。メリーゴーランドの前でキョロキョロと周りを見回している。いつの間にか泣きやんだみたいで、

「かぼちゃ！」

と俺を見つけて笑顔で叫んだ。おっと、こいつ、性格は姉に全然似てないのでは？　愛想がいいのは悪いことではないが、最近は物騒な世の中だからなあ。ヒラム、お兄ちゃんは心配だぞ。

「お嬢ちゃん、名前はなんていうの？」

「知らない人に名前を教えちゃいけないんだって」

「そっか。じゃあ俺が当ててみせよう」

「あ、ヒントあげようか?」

「いや、まずチャンスをくれ。そうだなあ……チョン・ヒヨン?」

「ブブー!」

「じゃあ、チョン・ヒビン?」

「ブブー!」

「じゃあ、チョン・ヒギョン?」

「もうっ、ブブー!」

そう言ってもどかしそうに地団太を踏んでいる。やはり、さっき俺が考えた名前が正解みたいだ。

「チョン・ヒラム、だよね?」

「なんで分かったの?」

「魔法使いだって言っただろ」

「うそ」

「子どものくせに疑い深いなあ、君はサンタさんを信じてる?」

小さな顎が二、三回上下に動いた。それから両手を合わせ、目をきらきらさせながら言った。

「これ秘密なんだけど、サンタさんは実はおじいさんじゃないの」

「そうなの？」

「お姉ちゃんなの。わたしのお姉ちゃん」

「お姉ちゃんがそんなに好き？」

「うん！　お姉ちゃんはね、きれいで、賢くて、優しくて、世界で一番お姉ちゃんが好き」

「ママは？」

「ママはその次。パパは次の次」

ここまでくると、うちの家族にはチョン・ヒワンにだけ反応する血が流れているのではと疑ってしまうな。キム・インジュから始まって、俺、そしてこの子まで、ヒワンを見るとなぜだかうれしくなってしまう。


「ヒラム！」

自分の背中がこわばるのが分かった。お前だ。柔らかいお前の声が真っすぐ飛んできて、俺の背中に突き刺さった。

「お姉ちゃん！」

ヒラムが俺のそばを離れて、お前の方へ走ってゆく。

ほらな、俺が信じた通りだ。誰かさんに見せてやりたい。お前は、そして俺が愛している人たちは、俺がいなくてもこうして元気に暮らしていると。だから俺は幸せなんだと。

さ、行こう。一歩目を踏み出すのは、思ったほど難しくなかった。二歩目はそれよりわずかに楽だ。

「お姉ちゃん、泣いてるの?」

「……泣いてないよ」

「うそついたらお尻から角が生えるんだって」

「そんなの生えてこないよ」

お前の声が徐々に遠ざかってゆく。俺は振り向かなかった。お前の顔を見たら、その瞬間に我慢できなくなると思って。

「捜したよ。ずっとここにいたの?」

「うんとね、ピエロの後ろをついてきたらね……。あ、お姉ちゃん、今こわい顔した。おこってる?」

「……怒ってないよ。でもちょっと悲しいな。お姉ちゃんも一緒に行きたかったな」

「うん、そう思ったんだけど……あ、お姉ちゃん、あそこにいるかぼちゃのお兄さんが、お姉ちゃんを呼んでくれたの?」

「かぼちゃ?」

「うん、あそこ……あれ? いない、どこ行っちゃったんだろ?」

俺は歩く速度を上げた。早く、早く、この人波に埋もれなければ。お前に見つからないように。

思いとは裏腹に、俺の動きはのろかったようだ。

「……ナム」

お前が俺を呼んだ。ああ、時間がもうないのに、どうしよう。悩んだ俺は、振り返らずに片手だけそっと上げた。

これでいい。お前と俺の再会は、お前が自分の人生を存分に生きた後の楽しみにとっておくから。俺はそれで十分だから。

それにしても、ナムじゃなくてラムだって言ってるだろ。一体いつになったら俺の名前をちゃんと呼ぶんだよ。まあ、いいけどさ。

「ありがとう」

お前の声が耳に届いた。そして、お前は俺を追ってこなかった。

俺は振り向かずに遊園地を出た。ハロウィンが暮れていく。死者と生者のチャンネルがつながる時間が、お前と会っても話してもいけないという制約がなくなる時間が、慌ただしく終わろうとしている。

今日一日を締めくくるには何がいいだろう。あ、そうだ。あれだ。

「よし、久しぶりに納骨堂にでも行ってみるか」

お前が幸せに暮らしていることだけを望んでいたから

俺は心からうれしい。

お前が幸せそうで、元気そうで。

だから、チョン・ヒワン
再会はもう少し後の楽しみにしよう。
お前の人生が終わる日に
その時は必ず言うから。
俺はお前のことが
大好きだと。

あとがき

死神が親しい人の姿で現れるというのは、以前どこかで見かけた怪談にあったものです。亡くなった伯父の姿をした死神が父親を……、亡くなったはずの親戚にドアを開けてくれと頼まれて開けると死神がいた……など、同様の話は少なくありません。

親同士が再婚して兄妹になっても、血がつながっていなければ法律婚ができるそうです。ただし、今の韓国では心情的に受け入れるのが難しいように思われます。

チョン・ヒワンは断絶された世界で生きている人間です。「君」が死んだ後、彼女の時間はずっと止まったままです。自分だけの世界に閉じこもり、誰もそばに寄せ付けません。彼女の目に見える、もどかしいまでに狭い世界を表現したいと思うあまり、やや説明不足になりました。

何点か補足すると、ラムは死神で、さまざまな能力を使うことができます。また、ヒワンの世界にはラムしかいません。ラムのことしか頭になかった彼女は、執着の強い生霊だったのでしょう。しかも自分は生きている状態だと固く信じていました。一方ラムは、超能力も霊的な現象も信じたことがない人ですが、あればあったで面白がるタイプです。

奇跡を起こすのは信じる力ではないでしょうか。二人が一週間共に過ごす間に経験したことは、生きている人間の世界で起きたこととも言えるし、そうでないとも言えます。痕跡を残したものも、残せなかったものもあります。そう理解していただければ幸いです。

それ以外にも、ヒワンの実母の話や、父親であるチョン・イルボムの大学時代の恋愛（ヒワンの両親は同じ大学で出会って恋に落ち、そのまま結婚した）、彼の姉についての話（豪快な性格の持ち主で、国際結婚をして現在はアメリカ在住）、赤いスーツの死神（名前はミョンウン、本名ではない）の個人的なエピソードなど、設定はありましたが書き切れなかった話がたくさんあります。いつかそれについてもお伝えする機会があればと思います。

ある寒い冬の日に、突然わたしの元へ降りてきた物語です。こうして文章にまとめるのに少し時間がかかってしまいました。

力強く生きていけるよう勇気付けてくれた人に、感謝の気持ちを伝えたくて書きはじめたことを覚えています。初めての作品ということもあり、執筆中もいろいろと大変でしたが、それでも心は癒されました。読者の皆さんに少しでも楽しんでいただけたなら、そして、この物語が皆さんを癒すことができたならと心から願います。

「待つことは、楽しみにすること」というフレーズは、私が一番好きな俳優さんの言葉です。初めて聞いた時にとても慰められたので、ちょっと拝借しました。温かい気持ちに支えられて、ここまでくることができました。ありがとうございました。

ソ・ウンチェ

一九八八年、韓国生まれ。初の長編小説『私が死ぬ一週間前』（二〇一八）がオンライン小説プラットフォーム「ブリットG」の出版支援作に選出。『イェンデアの春』『青い靴の行方』など、ロマンス・ファンタジーものを中心にWEB上で作品を発表しており、韓国新世代の作家として活躍中。

柳美佐（りゅう・みさ）

翻訳者。訳書に金薫著『火葬』（クオン、二〇二三）、パク・キスク著『図書館は生きている』（原書房、二〇二三）、パク・サノ著『君をさがして』（日之出出版、二〇二四）等。第六回「日本語で読みたい韓国の本 翻訳コンクール」で最優秀賞受賞。

私が死ぬ一週間前

2025年4月24日 第1刷発行

著者　ソ・ウンチェ
訳者　柳 美佐
カバーイラスト　utu

発行者　西山哲太郎
発行所　株式会社日之出出版
〒104-8505
東京都中央区築地5-6-10
浜離宮パークサイドプレイス7階
企画編集室　☎03-5543-1340
https://hinode-publishing.jp

デザイン　坂野公一（welle design）
編集　大川 愛、久郷 烈（日之出出版）

発売元　株式会社マガジンハウス
〒104-8003
東京都中央区銀座3-13-10
受注センター　☎049-275-1811

印刷・製本　株式会社光邦

乱丁本・落丁本は日之出出版制作部
（☎03-5543-2220）へご連絡ください。
送料小社負担にてお取り替えいたします。
ただし、古書店等で購入されたものについては
お取り替えできません。
定価はカバーと帯、スリップに表示してあります。
本書の無断複製（コピー、スキャン、デジタル化等）は
禁じられています（ただし、著作権法上での例外は除く）。
断りなくスキャンやデジタル化することは
著作権法違反に問われる可能性があります。

내가 죽기 일주일 전 (Naega Jukgi Iljuil Jeon)
by 서은채 (Seo Eun-chae)
Copyright © Seo Eun-chae, 2018
All rights reserved.
Originally published in Korea
by Minumin Publishing Co., Ltd., Seoul.
Japanese Translation © 2025
by HINODE PUBLISHING Co., Ltd.
Japanese translation rights arranged with Seo Eun-chae c/o Minumin Publishing Co., Ltd.,
through Japan UNI Agency, Inc., Tokyo

Printed in Japan
ISBN 978-4-8387-3323-1 C0097